长篇小说

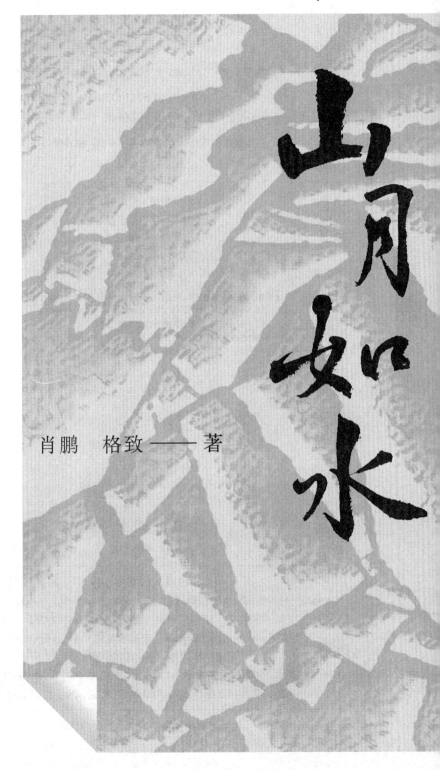

山月如水

肖鹏　格致——著

时代文艺出版社

图书在版编目（CIP）数据

山月如水 / 肖鹏，格致著． —长春：时代文艺出版社，2019.9（2021.5重印）

ISBN 978-7-5387-6154-2

Ⅰ．①山… Ⅱ．①肖… ②格… Ⅲ．①长篇小说－中国－当代 Ⅳ．①I247.5

中国版本图书馆CIP数据核字（2019）第184019号

出品人　陈　琛
责任编辑　李荣崟
封面题字　景喜猷
装帧设计　李　斌
排版制作　隋淑凤

山月如水

肖鹏　格致　著

出版发行 / 时代文艺出版社
地址 / 长春市福祉大路5788号　龙腾国际大厦A座15层　邮编 / 130118
总编办 / 0431-81629751　发行部 / 0431-81629755
官方微博 / weibo.com / tlapress　天猫旗舰店 / sdwycbsgf.tmall.com
印刷 / 保定市铭泰达印刷有限公司
开本 / 660mm×940mm　1 / 16　字数 / 155千字　印张 / 16.5
版次 / 2019年9月第1版　印次 / 2021年5月第2次印刷　定价 / 59.00元

目 录

第一章　大火 / 001

第二章　插页 / 021

第三章　东盛路 / 086

第四章　满洲山菜野果图谱 / 126

第五章　误杀 / 149

第六章　野猪 / 157

第七章　老虎 / 200

第一章 / 大火

1

半夜，我忽然醒了。醒之前我在做梦。我梦见找厕所。如果我在大街上，那厕所早就被找到了，我也就不会醒了。明天早上晾褥子就可以了。我被困在一个大房子里，里面有很多房间，怎么也找不到出去的门了。而那些房间都铺着木地板，在哪里也不适合撒尿。有的房间还装满了丝绸和布匹，那就更不能撒尿了。我抱着我的肚子，就像抱着一只装满热水的大碗，在那长长的走廊上跑着。大房子里还有很多人，也都在乱跑着，不知他们因为什么而跑。我好像被迎面过来的一个人撞了一下，才醒过来的。醒过来时我意外地发现，那个困住我的大房子并不存在，而那满肚子的尿却是存在的，需要马上处理。我从炕上爬起来，摸黑儿到了外屋地，来到水缸边停住。我可不是要往水缸里撒尿，因为尿盆平时都放在水缸边的。找到了水缸，就是找到了尿盆。水缸在那里，而尿盆不在那里了。尿盆一直是在水缸边的，去年八月拉练的部队走后它就在水缸边。一年了，没挪过地方。虽然迷迷糊糊，但是我是感到出事了。那个深兜的、里面白色外边漆着绿漆的铝制尿盆，不在水缸边了！去年，一支部队拉练，炊事班班长在我家。炊事班长小胡，是山东人。我爸妈也是山东人。老乡见老乡，两眼泪汪汪。小胡和我妈之间，倒是没有泪汪汪，临走，小胡把一个军用的铝制饭盆送给了我妈。我妈当时高兴得什么似的，一个劲儿说："还是老乡，还是老乡啊！"后来我妈就犯愁了，用它盛什么呢？那饭盆和民用的区别太大了。首先是大，然后是深。那时我们吃的差不多每天都是苞米面，怎么吃呢？就是贴大饼子。在铁锅的锅壁上，把和好的苞米面，攒一个团，啪，贴在上面。中间热气腾腾的水上面，蒸一碗芥菜疙瘩。没有大米呀，一个月有那么几斤，用小盆蒸饭也宽绰的。我妈急得抓耳挠腮，最后她说，对不起胡班长了，俺们命贱，就贱使唤这宝贵物件了。她把我拉过来，说："翔子，撒尿。"我说："妈，那是饭盆哩。"我妈说："叫你撒你就撒。"见我妈绷着脸，就掏出小鸡，对准饭盆撒起来。尿跌落盆底，好像空谷回声，悦耳动听。我妈掩着嘴笑了。现在，这么好的尿盆突然没有了。一定是出事了。我推开门来到院子里，冲着墙角的一堆松木桦子，把尿撒在上面。那松木桦子很干，尿好像一滴也没掉到地上，都被看不见的嘴接住喝了。耳朵里还有做梦时的嘈杂人声，以为自己没醒透。回屋发现爸妈的被窝空着，伸手拉灯，灯不亮。这是怎么了？好好的尿盆不见了，爸妈大半夜的也不见了，现在连电也没了。这时我看见北窗，薄薄的窗帘后边，红彤彤一片。拉开，供销社那个方向，火光映红了半边天。天上的星星都不见了。嘈杂的声音是从那里传来的。

这时我醒透了，并确定是供销社着火了。从我家后窗，看见供销社院子里的杨树，树冠举着火团，就像一只只火轮。后窗里不光有着火的杨树，还有更多内容。我家的后窗，突然就像缩小的银幕。四围都是黑的，只有我家后窗，红亮的，像一块银幕，非常清晰地映出跑动、杂乱的人影。突然，我看见一个身形肥胖的妇女，头发被风掠起，手臂直伸着，手掌捧着一个巨大的盆，冲到一堵墙的前边，盆子倾倒，水花飞溅。我看见这个妇女脸色漆黑，牙齿洁白，一副小小的耳朵向后抿着，在巨大、惊骇的火的轰鸣中保持着尖锐的听力。我喊了一声妈，我看见她的耳朵动了动。

我看见我家后院的罂粟脸色暗紫，露珠蒸发，花瓣被烤得耷拉下来。我埋在后院土层下面的一罐泥鳅，这时用尾巴拼命地扫着瓶盖，瓶盖上面的土，微微震动着。我还看见一只身体颀长的秀丽螳螂，展开翅膀，飞向黑暗的空中。屋檐下的麻雀，因为嘈杂的人声和灼热的气浪，一只光腚儿幼崽被挤掉在地上。小馊家门楣上的笼子里，那只他爸从山上带回的花鼠子，自从小馊妈离世，整日蜷缩在里面发呆，现在它立起前爪左突右冲叽叽嘶鸣，笼子像秋千悠荡起来。

我吓坏了，想推开窗子，可是一触摸到窗子上的玻璃，发现夜半凉飕飕的玻璃，这时竟是烫手的。大火仿佛就在我家后园。这时在这个逼真的银幕上，我看到了我妈的幼稚和荒唐。她端着我的尿盆，不像是在救火，而是在引导、扩大火势。因为她每浇上一盆水，那火就像行将咽气的病人得到了氧气，一下又高高地蹿起来，火苗把她的一绺刘海儿烧焦了。大火野蛮到了不可遏制的地步。供销社前面的障子、杨树已经消失，长长的一堵墙轰然倒塌；我看见供销社里面挂着的数面镜子，奇异而凌乱地反射着光芒；我看见我爸，猫着腰钻进了火海，一刹那又跑出来。铁哨发出的刺耳又滑稽的声音回荡在夜空。

"别救啦——救不下啦——往后院去啊……"

是我爸在吹哨子并且发出呼喊，那枚哨子有点儿变音了，是他刚才从火中的柜台里取来的。哨子的核很可能烧坏了，因为哨音是那么可笑。现在我的银幕成为一片空白，好像在换片子。我甚至连我那勤勉神勇的妈也找不到了。他们好像在演一台话剧，接到了导演的指令，到后台换装去了。突然，一种莫名的恐惧，像一块火炭掉进衣领，我竟怕人看见似的，缩着脖子蹲在了窗根；我又站起来，把窗户划儿插死。

黎明，大火熄灭了，爸妈黑着脸，露着一线眼白，回家了。妈把那个铝制尿盆，放回到水缸边。爸妈在院子洗脸。爸洗着洗着，突然呛着了似的，笑起来。说："你怕火憋死，给它输氧哩。"我妈说："滚蛋！"我爸说："我要是不引着在后院挖那条沟，火铺展开，不知要烧到哪里哩。"我妈说："你能！"

我躺在被窝里，假装睡着了。后来就真睡着了，接近中午才醒。我坐起来，揉揉眼睛，我就看见了我家的后窗。窗帘早就拉开了。一切都明摆在那里：供销社没有了，它后边的麦田，像绿裙子镶着一道黑边。火都烧到那里了。

我穿好衣服说："爸，我想到跟前儿看看。"爸在听收音机，闭着眼，没理我。妈挥挥手，意思是，去吧。

其实我想见范道平，为什么想见，说不清。我来到供销社，看到昨天还好好的一栋房子，现在只有一个门脸了。右侧"毛主席万岁"，剩下"毛""岁"二字，左侧"共产党万岁"，剩下个"产"字。一阵风吹过，昨晚洪主任撒尿的那堆煤的位置，地面的渣滓蹿起了火苗。在卖糖果的地方，有个女孩儿撅着屁股在找什么东西。我一看是刘革，她也看到我，走过来说："给。"我问："什么？"她说："球！"我闻到了橘子瓣糖特有的甜味，说："不要，有灰。"她说："火不埋汰，火消毒。"说着放嘴里一个糖块粘连成的球，有乒乓球那么大，腮帮子立刻鼓起来。她嗍了两下，叫道："妈呀，真甜！不信你尝尝，甜死了！"

　　这时广播喇叭响起来："广播通知，广播通知，明天工人正常上山。昨夜供销社大火，待县公安局、我林业公安局，查明原因，再做结论。请各位家长看护好自己的孩子，不要让孩子到失火现场，否则后果自负。"

2

　　昨晚七点多，刚吃过饭，范道平来找我，说要出去玩藏猫儿。爸平时在离家三十里地的山上作业，作业的地方叫二股流，礼拜六的晚上，坐小火车拉着的闷罐车回家，礼拜天休息。爸喝了一点儿酒，他不胜酒力，脸红到了脖子。他知道范道平的爸，也是个采伐工，山东人，老实，就说："去吧。"我妈说："明天你们也不上课，可以多玩会儿。"

　　我们玩藏猫儿玩到八点多。开始我们在我家邻居郎建平家的大院玩。他家的大院有一个烟囱，是那种空木筒子做的烟囱，定岗锤选出的那个"捂眼"的人，用手遮着自己的眼睛站在烟囱跟前，等别人藏好了，就去找，找到谁，就跑到烟囱下面，一边高喊那个人的名字，一边拍一下烟囱。你往往会看见"捂眼"的人和被找到的人一起疯跑，谁先触摸到烟囱并且喊出对方的名字，谁就是胜者。"捂眼"的人找人的时候，其他的人趁这个机会从哪里钻出来，拍着烟囱高喊着"捂眼"

的人的名字，那真是发自内心的欢呼呀。后来我们就玩不下去了，郎建平他爸和他妈打起来了。他爸的头不知怎么流血了，手持板凳，从屋里追出来，他妈光着脚在前边跑。这时一个朝鲜族口音的女孩儿说："翔子，这里不好，刚才我想藏到你家外屋，一拽门，门在里面插得紧紧的。这边又打架，没意思。哎——咱们到我家后院玩儿吧，那儿可宽绰了！"我有点儿生气，问："你是谁？藏猫儿怎么大大咧咧要进别人家屋子？""翔子了不起呀——我叫达瓦拉，供销社洪主任的闺女！"我见这个女孩儿说话爽利，趾高气扬的，就瞅了瞅范道平。范道平一甩头发，意思是，去呗。

我们一帮人到了供销社，大门已经上锁，就从后边的小门进去。院子很大，到处是木箱、纸箱。远处是两堆黑魆魆的废铁，一堆是熟铁，一堆是生铁，一部台秤放在这，这边好像是库房的门口。

我和郎建平来这里卖过废铁。说起来那还是一件让我心惊肉跳的事。废铁的来历就不太明了，少部分是拣的，大部分是在林场的修理库偷的。说实在的，那就不能算废铁了，锃光瓦亮的，我们在污泥里埋了有一个月才敢拿出来。这也罢了，关键是来供销社卖废铁的时候，在那部台秤上过了重量以后，洪主任，就是达瓦拉的爸，让我们把秤上的废铁抬到那个生铁的堆上，然后进屋去开票准备付给我们钱。我和郎建平抬着铁块把废铁放在那个生铁的堆上，往回走，郎建平忽然溜过去从旁边一个堆里快速搬起一大块铁，两只脚向外撇着往前挪，放到秤上。我吓得几乎不敢喘气，也不敢说话。郎建平透过窗户看见洪主任正和一个什么人说话，对我低喊一声："看着！"又跑向那个堆里抱回一块。洪主任从屋里走出来，郎建平看着台秤上的两块铁说，还有这些熟铁，刚拿来。郎建平的脸，略微有点儿红。洪主任有一双好看的眼睛，双眼皮，而且头发卷曲，像电影里的印度人。他用生硬的汉语说："脱裤子绑（放）屁——费二遍事。"然后噘了噘牙花子。那天我们一共卖了二十五块钱，郎建平分给我十块钱。我坐在小火车道上，腿软软的，有点儿站不起来了。郎建平长我三岁，好像没事似的吹着口哨，不过他的口哨吹得真难听，跑调。

供销社的院子四周，夹着木板障子，障子根儿，每隔两米，是一棵杨树，六七米高的样子，微风中飘下杨花。供销社的西端，看起来是办公室了，就是我和郎建平卖废铁的时候，洪主任进去给我们开票的那间屋子。现在屋子里点着灯，四个人坐在桌子边，正摊着手哗啦哗啦地搓一些小方块，姿势像游泳。

"达瓦拉，这里不能玩藏猫儿，你爸肯定不让。"我说。

"他们怎么能玩麻将呢！"达瓦拉说。

这时达瓦拉的爸，就是洪主任，可能看见院里有一群孩子，就走了出来。他在门口冬天剩下的一堆煤上撒着尿，说："达瓦拉，卡扎。"然后对我们说："这里白天买东西可以，晚上进来，偷东西吗？"我们一听，就从后边的那个门往外走。这时在北边障子根的一个棚子，突然蹿出一条大狗，嗷嗷吼着扑过来，被脖子上的锁链一拖，前爪抬了起来。我们惊慌着跑出院子。达瓦拉跟在后边，一边训斥着那条猛犬，一边喊："翔子，等等。"我站下，范道平也站下。"走，我带你俩进去，看看我爸打麻将。"我倒退着说："不，我得回家了。"达瓦拉说："胆小鬼！"被他这一激，我的自尊心又动摇了。看一眼范道平，他冲我甩了一下头发。意思是，怕啥。

达瓦拉带我们进了走廊，见一扇门的上方，挂着一块白漆小木牌，上面是值班室三个字，达瓦拉开门带我俩进了屋。

屋里烟雾缭绕，在烟气里隐约飘荡着格瓦斯汽水的味道。

扑克我们见过，也玩过。我还记得扑克牌里那张Q的样子，一个戴着头冠的女人，瓜子脸，月牙眼，好像在笑。麻将我们是连听说都没有听说过。现在这个新奇的玩意儿就摆在我们面前的桌子上。背面看是一些小竹块，正面牙黄色，不知什么材料，刻着字，画着图案。

达瓦拉的爸，洪主任，好像根本没看见我们。我突然感到很无聊。这时范道平看见那张小鸟一样的牌，握在洪主任的手里，又看见牌桌上躺着一张"二条"，就小声对达瓦拉说："吃这条虫子啊。"达瓦拉就笑，说："二条是棍，小鸟吃了不卡嗓子吗？"这时洪主任才侧目瞥了一眼范道平，范道平一本正经地松了松衣领，站直溜儿一些。

忽然四人纷纷推倒了自己的牌，其他三人都给洪主任钱，十元的。洪主任把钱揣兜儿里，白胖的大手伸到桌子中间去划拉那些牌。八个手互相躲避着。

达瓦拉趁洗牌的间歇，搂住她爸的脖子。"阿布吉，人家朋友来了，你赢那么多，也不请客啊？"有个秃顶的瘦子，鬓角的汗珠往下滴着，叼着一根烟，烟屁股快要烧到嘴了，也不扔。他说："洪大胖子今晚太幸了，坐庄坐得腰不疼吗？赶紧给孩子买吃的。"我听这人叫他洪大胖子，偷偷看了一眼他的身板，还真是肥厚。码好牌，达瓦拉她爸站起来，身上的肉颤动。开门进了走廊，打开营业室的门，走进去。好一会儿，抱着一个纸壳箱回来了。里面是啤酒、格瓦斯、饼干、柿饼。右手食指勾着一个纸包。他把纸包扔给达瓦拉，达瓦拉打开，是鱼皮豆和一种朝鲜族风格的糖球，糖球上绘着红绿相间的条纹。达瓦拉说："翔子，阿布吉今天有点儿抠门，但还是吃吧，不吃白不吃！还有你，范平道。"范道平纠正说："是范道平，不是范平道。"达瓦拉嘴里含着一个红绿糖球说："平道，道平，都不翻车，是不是？"我和范道平都没吃那个糖球，忽然觉得那种颜色应该是女孩儿吃的。忽听一个女人从后面院子喊达瓦拉。达瓦拉开门探出头细听了一下，回头对我俩说，她阿妈叫她回家睡觉。又在门外大声说："翔子，范——道平，你们愿意看，就多看一会儿吧！"说完就跑了。我们哪里还有心思多看，也准备走了。范道平站在洪主任身后说："洪叔叔平道顺风，必有后福。"我看见达瓦拉的爸愣了一下，扑哧笑了，他嗑了嗑牙花子，说："小子挺会说话。"我们从值班室出来，在那个走廊上走，我推了走在前面的范道平一把。"跟谁学的油嘴滑舌？"他往墙上一靠，嘎吱，一道门开了。我俩惊讶地互相瞅瞅，一起甩了一下头。

3

我俩蹑手蹑脚走进去，轻轻带上门。里面漆黑一片，我俩蹲下来。渐渐的，南窗透进月光，营业室里的轮廓、方位呈现出来。以前白天，供销社我们是来过的，大体的模样还是了解的。起初因为紧张，我们甚至不敢站起来，蹲了足足有五分钟。后来范道平说："别怕，没事，咱又不是来偷东西的，就是溜达溜达。"我一想，对呀，我们又没有撬门别锁，在里面待一会儿，没什么了不起的。

我们缓缓站起来，就像四足兽站了起来。进门的地方是卖布匹的，布匹阴凉的气息使我们涨乎乎的头脑一下清醒了。范道平伸手摸了摸一卷厚重的呢子，吐了吐舌头。我看到一卷碎花的花布，记得刘革好像就有一件这样的衬衫。我们沿着柜台向东边走，也不知道为什么要朝着这个方向走。后来我明白了，紧东边那几节柜台，是卖糖果饼干等吃物的。刚才洪主任肯定就是从这里，抱了那些我们眼馋又不好意思吃的东西。没错，我已经闻到公鸡图案的饼干的味道了，还有鸭子图案的。红的、黄的、绿的，它们看起来并不那么硬。我知道这种饼干，它噎在嗓子里时就会让你有一种无端想哭的感觉。我又看到了糖，橘子瓣糖；在一只木箱里。黏糖，也就是高粱饴，在柜台里。柜台里还有猴王牌奶糖——那次和郎建平卖了废铁以后，我偷偷买了好几次这种上海产的奶糖，它可能是这个商店最高级的糖了。奶糖就是奶糖，咀嚼出的奶汁似的液体，被我用舌头一次一次从嘴角舔进口腔。我和范道平甚至还看见了苹果和槽子糕。槽子糕就是多年以后常见的蛋糕，当时这种东西我们是不敢动的，怕噎在嗓子里，死人！我和范道平看了这么多，却没有动一样东西。当你什么都想抱在怀里的时候，你就什么也拿不起来了。后来我发现我的嗓子都有点儿哑了。我的嘴里太干了，舌头要不能回弯了。

我们看见地上一箱啤酒，在这箱啤酒旁边，摆着几箱格瓦斯汽水。范道平说："翔子，我渴得要命。"我这时好像恢复了意识，伸手就拎出了两瓶。"行吗？"范道平征求我的意见。我看见箱子里有几个空瓶子，说："不会知道是咱俩喝的，喝吧！"就先咬开了一个瓶盖，里面的汽水一下涌出来，我慌忙对着口，眼睛斜睨着范道平。他在木箱边缘一磕，嘭的一声，吓得我俩蹲下了。等一会儿见没事，又站起来，一口气灌下肚去。强烈的气体从鼻子往外冒。又用牙每人咬开一瓶，仰脖灌。剩下不多了，叉开腿，笑笑，倒进喉咙。第三瓶一口气吹进去了，扶着柜台打起嗝儿。

"翔子，一人拿一瓶罐头，走吧？"范道平说。我说："不能拿那东西，回家怎么说？""那咱拿两盒烟吧，就那个蜜蜂牌。抽上一根，准保像蜜蜂趴在大烟花上一样！"我想了想，点点头。就一人揣兜里一盒。我们往布匹那边走。路过卖针头线脑的地方，范道平掀开帘子，捏了一枚金黄色的顶针。"给我娘。"他伏在我耳朵上说。到了布匹地段，就是门口了，再走就出去了。范道平说："翔子，咱坐下抽根烟吧，歇一歇。我有点儿喘不上气了。"我也紧张得有点儿腿软，我们就坐地上，从兜里掏出烟。没有火，范道平又返回卖烟的地方，拿了两盒火柴。

这之前我从来没抽过烟，倒是经常给爸妈跑腿买烟，就在供销社刚才我们待过的东边的柜台。爸妈抽的是当时差不多最好的香烟，迎春。偶尔也抽蝶花。我更喜欢蝶花，它的气味香甜绵软，拿着它，就好像拿着春天的路条。范道平是抽过烟的，还会手卷。他爸是不抽商店卖的烟卷的，说不够味。现在范道平点着了，我看见两道细细的烟雾，居然从他的鼻子眼悠长地钻出来。我抽了一口，就咳嗽起来，赶紧掐灭了。"给你吧，我抽不得。"我把自己那盒烟塞给范道平。范道平的烟抽到半截时，窗子上突然划过手电光。我们勾下头。范道平拿着烟的那只手，伸进柜台，另一只手，拉起布匹的布，遮着烟头发出的光亮。窗子外边应该是打麻将的人，喝了啤酒，出来撒尿。我们听到几声门响，手电光消失了。范道平的手从柜台抽回来，只剩一小截烟头了，他猛吸了两口，烟头红了两下，掉在地上。他捡起烟头，还有我扔在地上的那大半截烟。

我和范道平大约是晚上九点半在马道口分手的。分手的时候，我对范道平说："今天的事，对谁也不许说，谁说，谁就是儿子。"范道平打了一个很响的嗝儿，他伸出小拇指，说："保证，不信就拉钩。"

这时一个嗝儿，从我的胸腔涌上来，我闭紧嘴，一股气流从鼻子钻出来，泪花马上盈满了眼眶。我说："格瓦斯太好喝了——不用拉钩了，我信你。"

范道平沿着小火车道，往西，向家走去。我往南走，那是大河方向，我家住在大河边上。我已经隐约听见大河流动的哗哗声响。我肚子里，格瓦斯汽水随着我的走动咣当咣当地在身体里摇晃。我在刘配贤家的房山前停下脚步。我又闻到高大军马一个月之前，呲在这道房山地上的强烈的尿液味。当时军马粗大黝黑的阴茎沉甸甸地垂着，尿液呲起干土，泡沫聚集着。那是一次漫长的排泄，军马鼻翼鼓胀，腹肌收紧，四只蹄子像四只黑色大碗扣在地上，空气中酷似格瓦斯的气味弥散开来。记得刘配贤的妹子，我班刘革，一个大脸的茁壮女孩儿，穿着黑色的拉带绒鞋，脚背很高地弓起。她有点儿鄙夷地小声说："盯马××看，真流氓。"那个年代，流氓这个词不是随便说的，那是非常低级的贬义词。我当时被这个笨蛋女孩儿气昏了头，正寻思找一个恰当而锋利的词来回击她。我想了一会儿，没想出来，我就用手指环了一个鸭蛋形状。我说："怪不得脸那么大，吃鸭蛋吃的。"刘革是我班学习最差的同学，经常得鸭蛋。果然，她的大脸红了，眼泪噙在眼圈。这时她大哥刘配贤走过来，他刚验上空军，还没去部队报到，但军装已经发了，只是还没有肩章、领章、帽徽等等。空军说："我妹现在偶尔吃几个鸭蛋，将来可能天天吃面包。听说你是班长，以后要好好帮助刘革进步。我会开着咱村房子一样大的飞机，在天上监督你。"

　　我走到家门口了，抬头看了看夜空。飞机晚上八成是不出来的，星星那么密实，刘配贤就敢保证不撞上它们吗？我轻轻拉了一下房门，没插，刚想进屋，又折回院子。肚子往下坠，今晚喝了三瓶格瓦斯，格瓦斯的瓶子和啤酒的瓶子一样大，我想还是在外边撒泡尿再上炕睡觉。屋里那个铝制尿盆虽然深，但是撒起尿来传出的声音洪亮，怕惊醒爸妈。院子里有一垛红松桦子，浇一浇那些劈柴，好几天没下雨了。红松桦子散发着松脂的香味。我的尿线在星空下划出一道弧，呲在劈开的摆得整整齐齐的干燥的桦子上，尿液被木桦迅速吸干了，地上竟没有一点儿痕迹。这时从小馊家的茅房，传来巨大而突兀的咳嗽声，然后我看见小馊的白胡子姥爷拄着手杖从里面走来。他哼唧着："屎球屙不出哩，要憋死哩……"他回到屋里要经过他家的仓房，我等着仓房的门推开，可是很久没有声音。他家仓房过道的那口棺材不是没有了吗？以往的夏天，他都要睡在那口棺材里，早上，再夹着枕头，外孙小馊帮他抱着被子，回屋。这会儿，小馊从屋里揉着眼睛走出来，进了仓房。我听见小馊说："姥爷，这块儿凉，回屋睡。"小馊的姥爷说："你妈把我的房子带走了，能不凉？"小馊说："等冬天让俺爸拉一副好料，打给你。"其实那天晚上奇热，只是这个时候好像刮起了一点儿凉风。

我提着脚步进了屋，爸妈睡着了。我钻进被窝，不经意又打了一个嗝儿，慌忙扭过身，背对着爸妈。

礼拜一早上，天下起大雨。爸他们的小火车刚走，马道口那里，就停了一辆嘎斯轮，上面下来十来个公安。他们穿着白色的警服，屁股上边的腰里，鼓着一个皮匣，里面是手枪。我认识其中有个叫吴大海的公安，是个年轻的胖子，一双犀利的小眼睛，笑眯眯的。他办案的时候，也是笑，但是笑容里满是荆棘，一会儿，你就被扎得后背发痒，坐不住了。有一回，他把我找到林场派出所，就是我和郎建平偷铁卖的那阵子。他问："你们是不是偷林场修理库的铁了？"我说："没有。"他让我摊开手掌，让我自己看。我看了半天，只见我的手掌白皙，掌纹干净清楚，没有任何异样。他说："你张开嘴，呼气。"他的样子完全像个大夫。当时我好像刚刚吃了猴王牌奶糖，就害怕了。他也不强迫我，开始在地板上踱步。派出所窗外的一小块花坛，开着不知道是什么名字的花，花香浓郁，一只马蜂在上面耸动着屁股上的针。这时我看见我的班主任马小辫，端着饭盒在花坛外冲他招手，他就走出去了。两个人面对面说着话，马老师把一块排骨模样的东西塞进他嘴里。后来他回来了，说："你怎么不回家？"我说："你没让我走。"他说："我这里又不管饭——对了，你说马小辫好不好看？"我说："还行，就是脸上有疙瘩。"他笑了，咯咯咯咯，他说："那是憋的。"

雨已经停了，这些公安在供销社前前后后照相。我看见吴大海在供销社残破的门脸前，朝一个女公安招手，那个女公安过来，四下看看，快速给他拍了一张。

一截吊着的铁轨叮叮叮叮敲响了，马小辫走进教室，说："上课！"我说："起立！"同学们站起来。马小辫说："同学们好！"我们说："老师好！"马小辫还没有说坐下，范道平呼哧呼哧喘着气跑进教室。范道平左手缠着一块纱布，胳膊吊在脖子上，像战争题材电影里的俘虏。他走到自己的座位前。马老师说："坐下。"同学们都坐下了。马老师对范道平说："你站起来，没让你坐下。"范道平头发很长，梳着分头，这时他习惯性地甩了甩头发。他先对马老师说话了："我早上劈柴，劈手上了。""为什么？下大雨你劈什么柴？"马老师问。马老师明显肚子里有火，一大早上的，也不知为啥。范道平学习虽然不怎么好，但是他是一个能揣摩别人心思的学生。他从座位那里走到教室门口，说："报告马老师，我迟到了。还有，我不该早上劈柴，应该让我爸啃凉窝头上班。"马老师被气笑了，她拢了拢裤子，裤子好像有点儿紧，勒得有点儿不得劲儿。

4

下课了，天放晴了，同学们叽叽喳喳地跑到操场上。范道平坐在座位上不动。我问他："手怎么了？"他四下搭了搭眼，就我俩。

"前天晚上，咱俩不是进供销社参观了吗？我不是拿了个顶针吗？我妈把它当金的了！戴手指上做活，缝一会儿，就摘下来对着电灯看。那晚她不让我爸摸她的小脚，小声叨叨着：'摸手，手上有金，金童玉女，你还会有儿子哩。'我爸说：'金个屁，想得美，铜！'后来她拉不亮电灯了，你也知道之后着火了，我爸去救火了。"

"昨天早上我爸从火场回来，我妈正做饭，我爸从我的兜里翻出那两盒蜜蜂牌烟，走到外屋，从我妈手上往下撸那只顶针。我妈说：'你干啥？'我爸也不吭声，把烟和顶针丢进灶坑的火里。我妈用一根柴火伸进灶坑往外扒拉，我爸一推，我妈的小脚噔噔噔噔往后退，就坐在地上了。我爸从灶坑掏出一块火炭，把我从里屋拽到锅台边，然后攥着我的手脖子。开始他攥的是我的右手，想了想，骂道：'这只爪子还得写字。'就换了左手，让我摊开手掌。他用一块树皮撮起那块火炭，用嘴吹了吹，火炭红了。他说：'本来要放到你的嘴上。'——这时我妈像杀猪似的嚎嚎儿了一声：'我×你姥姥哟！范青筋。'我爸叫范庆斤。范庆斤说，不给他做个记号，这还得了吗？"

"肖立翔，我爸说那天晚上咱俩谁也没进供销社！谁要是说进了，谁就是儿子，大家伙儿的儿子。"

因为激动，范道平的眼里泛起一层泪花。我的手捏出汗来了，后背却冒凉风。

5

我们的学校，和供销社就隔着一个池塘，平时那里夹着高高的板障子，里面我们看不到。现在板障子烧光，一目了然。第二节课下课，学生要做广播体操。大喇叭响起来，体育老师今天没来，我们的班主任马小辫代替他领操。在做"冲拳运动"的时候，全校学生往西边扭过去以后，就再也没有人扭过来往东边"冲拳"了。只有马小辫老师一个人，孤独地还在冲着她那软绵绵的拳头。

供销社门脸的前边，停着一口棺材。棺材没有漆成暗红色，就是木板的原色，也不够高大，扁平扁平的。一群人围在那里，有人讲了一段话。有几个公安，其中一个好像是吴大海。棺材被抬上一头黄牛拉的牛车，棺材头也没有拴公鸡。

我看见穿着白色丧裙的达瓦拉，突然尖叫了一声，躺在了地上。那刺目的白裙子，使白皮棺材成了乳黄色。

第二章

插页

1

　　大火之后，范道平完全变了一个人。现在，他动不动脸就红了，而且，也不参加同学、伙伴们的争辩了。有一点，最让我奇怪。以前他并不天天都找我上学，放学也不一定非跟着我走。这次事件以后，他成了我的影子了。我想从他的脸上探究一下这里面的原因，他就盯着我笑，笑容谦卑，甚至有一点儿低贱。下午放学后，他和我坐在我家灶坑前，我烧火，等妈下班好做饭。这时小馊走进我家外屋，也和我们坐在一起。小馊六岁了，可是身体就像一个三岁的孩子，他遗传他妈——滕姨的基因。滕姨就是个小个子，死的时候，躺在她家外屋的一扇门板上，就像个小孩儿。小馊说："翔子哥，我爸昨天钓了一条鱼。"我说："你爸就是会钓鱼，还会捕花鼠子，鱼在哪里，大吗？"小馊转了转眼球，伸开胳膊，说："恁老大，撒谎是儿子！"我知道他又吹牛，就想揭破他。这时范道平拽了拽我的衣角，意思让我顺着他，听他吹。小馊接着说："我姥爷平时不是拄着拐杖吗？其实他那是假装腿脚不利索。他半夜扔掉拐杖，在院子里，脚一点地，噌一下就上房了。"我和范道平憋着笑，问："上房干啥？"小馊说："和西山坟茔地的我妈说话呀。土豆开花结铃铛，老鼠吃盐长翅膀。"我和范道平惊讶地望着小馊，问："这是谁的话？"小馊得意起来，说："怎么了，我说的呀。我妈活着的时候，经常在窗台杀乌鸦。乌鸦的血是蓝色的，喷在窗户上。"小馊往灶坑添了一根柴火，我和范道平被他刚才的讲述惊讶得睁大了眼睛。小馊的脸色一晃又有点儿灰暗了，自言自语道："我妈的脖子里有那么多鲜艳（他就是用的'鲜艳'这两个字。很久以后我才知道，他在我家的小人书里，学了许多就连我们也不认识的词汇）的石榴籽。我妈躺在门板上蹬着一双小花鞋。她把我姥爷的船（棺材）划走了，她在麦地里划船，麦浪翻滚，蚂蚱飞舞……"（麦还"浪"，还"翻滚"。蚂蚱乱飞不行吗？他说"飞舞"！这个小矮子在哪里学的呢？）要是放在从前，范道平早就拆穿小馊，我们也就听不到这些奇异的讲述，不知道我家这趟房，隐藏着一个幼小的语言天才。现在范道平任由别人胡言乱语，不去打断，他要让别人成为注意的中心，他躲在不显眼的阴影里，这样就安全了。

2

我们林场小学的教学楼是由红松建成的两层木头楼。中间一个大厅，两边是木楼梯。这边楼梯边是一面大镜子，那面楼梯边是一座座钟，整点发出咣咣的报时钟声。里面的钟摆左右摇晃，谁也碰不到，怎么就会发出撞击之声呢？这是我们这些孩子百思不得其解的。

一下课，镜子前挤满了小孩儿，主要是女孩儿。谁家也没有这么大的镜子。家里的镜子是圆的，铁框包着，立在箱盖上。早上洗完脸，对着镜子梳头发，编辫子，搽雪花膏。谁都没有在镜子里看见过自己的全身。达瓦拉、刘革、大翠、小圆枣都完整地出现在镜子里了。她们看见镜子里的自己很吃惊，连粘着雪花的棉鞋都在里面了。

在女孩儿的头上，忽然出现了一个大人的头，圆脸，大眼睛，塌鼻子，两条耗子尾巴似的小辫——是教我们数学的老师马小辫。马小辫是我们偷偷给起的外号。面上还是叫马老师。她们一起回头喊："马老师好！"

马小辫说："知道为什么在这立一面镜子吗？"

女生互相看看，一时答不上来。

马小辫说："好看见自己哪没洗干净。明天检查卫生，都好好洗洗头发，还有指甲。"

　　木楼梯本就像个乐器，一走，咚咚咚咚还有余音，我们这些男生还要故意使劲儿跺脚。一到下课，就像山崩地裂，整个楼摇摇欲坠。

　　陈皮老师抱着教案和课本，走在地动山摇的楼梯上。他捂着鼻子，楼梯上的灰尘在光线里跳舞。他是上海的知青，负责教语文。此时前后左右都是下课的学生，大家都在故意跺脚，灰尘被惊飞起来。他戴着白手套，捂着鼻子。

　　我和达瓦拉一桌。刘革和小馊一桌。刘革不愿意，她捂着鼻子，把脸扭向我这边。小馊回家和他妈说要洗澡。"藤粗脖"说："大冬天可不敢洗澡，大河冻着，咋个洗法？夏天再洗。"后来小馊在一个下了大雪后的上午，脱光衣服，用院子里的雪给自己洗了一个白雪浴。"藤粗脖"从后院回来看见，吓得急忙把小馊推进屋里，打开被子，捂在热炕上。小馊果然感冒了，只是打打喷嚏，并没有往下发展。可是棉袄洗不了，还是有一股馊味。小馊洗了一次雪花浴，竟然上瘾了，每到下雪的日子，他都要脱光衣服，站在飘舞的雪花里沐浴。直到长大，他一直冷水浴，雪花浴，从来不生病，抵抗力非常强。要不是嘎呀河一到冬天就封冻，他也会去冬泳。

　　有一天放学，范道平牵着闵喜喜的手，来到我面前。范道平神秘地说："班长，你想要胭脂马吗？"我看看四周："哪有？"范道平说："闵喜喜，你蹲下。班长，你骑他脖子上，就像骑马。我试过了。"我不肯，说："同班同学，不能欺负人？"这时，闵喜喜说："班长，范道平怎么不当马？他长得又高，像马。"范道平拍拍闵喜喜的肩膀，说："班长家有一套小人书，叫《三国演义》。那里面有一个关羽，关羽骑着一匹马，叫什么来着？啊，对了叫赤兔胭脂马。咱们玩个游戏，班长演关羽，你是那匹厉害的赤兔马。"赤兔马姹紫嫣红，高高大大，闵喜喜黑不溜秋，矮矮墩墩，不像。闵喜喜说："那这里也没有你啊。"范道平说："真笨啊，我是那个给关羽提刀的周仓啊，我这不给班长提着书包嘛。"范道平显然在蒙闵喜喜，小人书里的周仓其实有点儿像闵喜喜，矮矮墩墩的。闵喜喜蹲下了，我看看四周，没人，就跨在闵喜喜的脖子上。闵喜喜轻悄地就站起来。他先是试着慢慢走了几步，然后就颠颠地小跑起来。范道平在后边跟着，大声喊着："驾！驾！"快到我家时，范道平喊了一声："吁——"闵喜喜停下，脸颊滚下汗珠。我对闵喜喜说："进屋看小人书吧。"

班里有个叫王勇戈的男生，瘦瘦的，头发支棱着，学习不好，据说很有力气。一天他找到范道平，和范道平说他想给班长当马。范道平说："这马不是谁想当就当的，你怎么证明你比闵喜喜厉害？"王勇戈说："课间休息我和闵喜喜比比，你就知道了。"他伏在范道平耳朵上耳语了几句。下课后老师一走，范道平站到讲台上，说："男生先别出去，王勇戈要和闵喜喜比试比试。"有个叫张贵身的男生，留个《小兵张嘎》里那个小胖子的头型，以为要打架，他胆子小，说他要去撒尿。刘革说："你看女生都没去撒尿，你也别撒了。"说完冲我傻笑。

王勇戈走到讲台前面，说："出来呀，闵喜喜。"闵喜喜还不知道王勇戈要搞什么名堂，说了句："出来就出来。"就站在王勇戈旁边。他没想到，给人当马骑也有人眼热。

王勇戈脱下上衣，放到讲台桌子上，把背心往腰里掖了掖，又勒勒裤带。说："咱俩都趴地上，让同学们往身上压，看谁身上压的多。"闵喜喜一听，先趴下了。王勇戈在离他一米远的地方，也趴下。这时范道平喊了一声："男生，上呀！"

男生一个一个摞上去。一边摞了七个，还剩一个人，张贵身。开始王勇戈和范道平说好了，我和范道平一旁监督。闵喜喜，低着头，脖子都红了。王勇戈歪着头，没事似的，盯着张贵身。张贵身说："太高了，我上不去。"范道平把讲台上老师的椅子搬过来。他想椅子应该放在什么位置呢，偏向谁，都不好。他给了张贵身。张贵身记住了王勇戈刚才的目光，王勇戈毕竟是看了自己一眼的，而闵喜喜呢，他根本就没把自己放在眼里。张贵身把椅子放到王勇戈那边，站到椅子上。这时他看到闵喜喜偏了一下头，眼睛斜着他，里面含着泪花。他第八个摞在王勇戈上边。

铃大响，上课了，范道平还没来得及宣布结果。闵喜喜低着头回到座位。王勇戈也回到座位。马小辫走上讲台，看看讲桌，她拎起王勇戈的上衣，问："谁要当模特啊？"刘革嘴快，说："王勇戈。"同学们哈哈笑起来。马老师说："笑什么笑，在这里亮膘。"说完她也笑了。

我现在有两匹马了，可是怎么骑呢？范道平说："这有什么，闵喜喜一三五，王勇戈二四六。"闵喜喜本来以为他当不了我的马了，听范道平这么说，慌忙答应："行。"王勇戈低声说："其实我一个人就行。"

礼拜二放学我骑在王勇戈的肩上，他跑得是快，可是一会儿我就受不了了。范道平看我直咧嘴，说："王模特，停下。"王勇戈站住，说："停下就停下，你咋还给我改名了？"范道平说："你不是模特是什么？骨头架子！看把班长的屁股快要扎出血了。"

到了礼拜四，我说："不骑了。"范道平说："王模特，你回家吧，以后多吃点儿，好长肉。我找闵喜喜去。"

王模特急忙说："不用找他，你看。"说完王模特蹲下来，从书包取出一副工人抬木头用的垫肩，系在脖子上。范道平说："王模特你还真不是一般人哩。"

"那当然了，我是二班人（我们是一年二班的）。"

王模特的个子真是高。我坐在他的肩上竟然越过这条街上的房子，看见了后面那条街上的房子。后面那条街住着皮裤衩和大红花他们。我看见皮裤衩瘸着一条腿，在自家门口走着，他拦住放学的小圆枣，他们站了有一秒钟，小圆枣就跟着皮裤衩进了他家的院子。我的眼睛跟着他们进了院子，他们开门进屋了，我就看不见了。

我自言自语："小圆枣走错门了。"

王模特说："咱们走不错就行。"

3

我爸我妈都是工人，那时候，叫双职工。要说谁家是双职工，那是一件了不得的事。两个人按月开工资，到粮店去领粮，你想想，啥成色（色，我们念sǎi）。范道平的爸，王模特的爸，也是工人，但他们的妈，是家属。家属不只是在家做饭，她们也工作，就是被称为大集体的那种。我们那里叫家属队。闵喜喜爸妈是农民，我们提起来就说，他家是农社的。

那天我们去剃头。理发室不在场部的院里，它和职工食堂不远，在林场的东头。范道平说："班长，骑马去吧。"我说："今天礼拜天，大道上人那么多，不行；就算不是礼拜天，在大道上也不行。"我们就走着到了理发室。一进屋，满地头发茬儿，有两个大人仰在椅子里，其中一个脸上涂满肥皂沫。我们就坐在排凳上等。范道平说："班长，我就喜欢理发那个椅子，喜欢看理发的大人坐上面睡着打呼噜，你猜，像啥？"我看看椅子上躺着的人，说像摇车。范道平说："像开拖拉机！"这时给人剃头的那个中年妇女撇撇嘴，说："礼拜天还班长、班长叫着，挨管没够啊？"我的脸红了，捅捅范道平。范道平伏在我耳朵上说："别怕她，她儿子是五年级的李吉先，外号大屁包。"中年妇女刮完那个人的脸，掀起盖在他身上的白布抖了抖，问："你们几个谁先来？"见我们都没有动，就在一块黑皮子上嚓嚓当起那把刮脸刀。另一个大人也理完了，理发师是个胖男人，手上还有几个小坑，样子挺和蔼。范道平就走到他跟前，坐到椅子上。王模特坐到了中年妇女的椅子上。这时我才发现闵喜喜没来。

中年妇女先摸了摸王模特的头，然后说："前奔儿楼，后勺子，一看就是山东人。（末句她是用山东话说的，"人"说成yín，原汁原味。）是犟种吧？爱灼蹶子吧？"王模特不好意思地低下头。她端了一下王模特的下巴，又用双手正了正他的脸："山东啥地方的？"中年妇女的话匣子打开了。王模特说："平度。"中年妇女就吃吃地笑起来。王模特这时随口甩出一句山东话："笑嘛？"中年妇女笑得更厉害了，腰弯下了，左手的梳子和右手的推子举着，像是投降。然后她直起腰说："不许和姨生气啊——平度熊！"范道平在那边坐不住了，因为他老家也是山东平度的。他想放一个屁，借此让她想到她儿子的外号，可是咕涌了半天，也没放出来。胖男人说："咋啦，肚子不舒服哇？"范道平说："不是。""推子夹头发啦?"范道平又说:"不是。""那你别咕涌,咕涌理不好。"中年妇女斜睨着范道平说:"一瞧你也跑不了——熊崽儿!哎呀妈呀,笑岔气了。"她放下推子,右手握成拳,顶着肋下。她舒了一口气,说:"俺也是平度熊。熊怎么了,不熊,还不被那些大老爷们儿气死!"

这时,窗户开着,外边的大道上,一个叫陶二虎的油锯手,正和几个妇女疯闹。他从后面搂住李大肥的老婆,然后像公狗那样,一下一下撞她的屁股。其他那几个妇女,抱着肚子笑翻了天。我们仨儿也偷着乐。中年妇女说:"小孩稳重点儿。陶二虎被黑瞎子(熊)舔过,他就是天天乐,也有本钱。"

我们知道陶二虎,在山上采伐,油锯锯开一棵老树,结果是空筒子,里面蹲着一头冬眠的黑瞎子。黑瞎子爬出来,陶二虎吓得坐在地上。黑瞎子生气了,囫囵觉刚睡安生,被搅和醒了。它抓起陶二虎,看了一眼,就在他脸上舔了一下。东北这边的人都知道,黑瞎子的舌头,是有倒饧刺的。陶二虎的半边脸,皮被生生地拉下来,一层血珠渗在新肉上。陶二虎没有昏过去,好像被人抽了一个嘴巴,耳朵鸣着,脑袋清醒了。可是清醒也没用呀,黑瞎子抓着他的肩胛骨呢!黑瞎子喜欢逗弄人玩,舔一下只是游戏的开始。黑瞎子把陶二虎拽到屁股底下,坐了下去。这个才能算黑瞎子正经的报复。舔一下也罢了,还要蹾,谁受得了,陶二虎一下就拉裤子了。黑瞎子闻到臭味，愣了愣。陶二虎这时心眼活动了，他从自己的狗皮大衣里哆哆嗦嗦钻出来。黑瞎子又蹾了起来，可能觉得没了弹性，不好玩了，就走了。陶二虎被定为工伤，二级伤残，再也不上山了，在林场场部大院，给住宿的工人锯烧柴。

闵喜喜才来。其实闵喜喜到了一会儿了，他躲在食堂高大前脸挡成的阴凉里擦汗，他想镇定一下自己，不让别人看出自己，因为剃头这点儿小事，为难得像做贼。其实他刚才还真就做了一回贼，躲着家人，转转摸摸，好不容易从仓房拎出两只筐，到供销社卖了。

筐是他妈和他姐编的，他爸上山砍的扫条（"扫"念sào，扫条是北方一种编筐用的灌木），一只套一只，顶到仓房的棚。这些筐是卖了换钱贴补家用的，他不敢多拿。供销社现在是新供销社了，以前该收的东西，现在还收。不过是一个新主任，戴一顶蓝呢帽，连毛胡子，像个日本人。

我和闵喜喜分别坐在两把椅子上。中年妇女端详了一下闵喜喜，说："脸生，头回来。"闵喜喜窝了窝腰。中年妇女说："直溜儿点儿——谁家的呀？"闵喜喜不吭声。咔嗒咔嗒推起来。"是农社的吧？哦，让我猜猜哪家的。"中年妇女突然停下了推子，问："来剃头你爸你妈知道吗？"这时范道平把话接过去："知道不知道怎么了，又不是不给钱。"中年妇女说："哎，我问这儿问那儿还就是这个意思，农社的孩子都摁着头在家里用剪子铰，他今天来理发，他妈知道吗？"我们瞅闵喜喜。闵喜喜往后仰着身子，从裤兜抠出了五毛钱。中年妇女放下推子，说："他们剃还五毛呢，他们是林场子弟，半价优惠，你得一块，这是场部规定。"这时我们看见闵喜喜羞得快要哭了，他的头剃了一半，像那会儿挨批斗的人站在俱乐部的舞台上剃的阴阳头。胖男人这时说话了："行了，别折磨孩子了，快把那半拉头剃了吧。"闵喜喜也说话了，这是他进来后说的第一句话，他说："姨你给我剃完吧，等会儿我给你送两只筐来。"

"啧啧啧啧，啧啧啧！"我妈进来了。她在理发室边上的食堂上班，这会儿才闲下。"哟，我在窗台趴半天了，看他江姨拉扯（读作"láche"，东北方言，厉害的意思）的！"原来理发的中年妇女姓江。我妈接着说："都是我儿子的同学，五毛、五毛、五毛加上这个一块——闵喜喜是吧？总共两块五，今天都算在我家翔子头上！"江姨说："就你大方。我也是逗逗这孩子，熊孩子不禁逗！"

我妈带我们走，江姨送出来，她冲闵喜喜说："一会儿把筐拿来啊。"我们都笑。我们说要回家，我妈说："回什么回，一会儿让你们找不到家。"就跟我妈到了食堂。原来食堂正杀猪，几个人摁着猪，一刀下去，血咕嘟咕嘟出来。那人在猪身上蹭蹭刀，一看，是陶二虎。残着半边脸，像个鬼，就说怕。陶二虎说："怕个鸟，我又不是黑瞎子。"王模特小声说："当年在黑瞎子跟前，能耐哪儿去了？现在跟猪使劲儿。"王模特一头乱毛刚剃去，马驹般新鲜。几个人在食堂转悠半天。肉香扑过来，就紧着鼻子，舌底压着口水。我妈端来一个白铁盆，里面冒着热气。肥肉、肝肚、血肠，浸在滚汤里。哪里见过这个？干乎乎的没个菜叶！一笸箩馒头，好像云彩里端下来的。"孩儿们，今天是翔子生日，正赶上食堂杀猪，你们悠着点儿，别掉到盆子里淹着！"我的三个同学只是望着我妈嘻嘻笑，好像她就是亲爱的王母娘娘。就吃起来。开始还低眉小口，接着就吃相凶恶起来。我妈在一旁笑，说："慢点儿，别把舌头咽肚里！"我妈从围裙里掏出一件东西，用大头菜叶子卷着的，展开，里面是一根烀熟的猪尾巴。她说："这个翔子吃，他从小有个病，淌哈喇子，吃了这，嘴角就勒住了。"他们三个说："姨，那你得赶紧给翔子治，要不哈喇子淌作业本上，马小辫就要治他了。"

4

小清雪飘起来的时候，冬天来了。范道平肩上挑着一只划子来找我，那是礼拜天，当时我爸正给我做冰鞋。冰刀的刀架是从供销社买的，上面没有鞋。我爸说："这要便宜很多，商店主要卖的是上面的皮鞋，给你安一块板，一样。"我爸就照着我的脚，在白松板上用小锯拉下两块鞋底的样子，然后把它们钉到刀架上，四边拴几根绳，一副冰鞋就成了。范道平说："肖叔手真巧，做得真漂亮。"我爸说："你这个划子也好，你爸做的？"那划子很秀气，一块油锯的钢板嵌在下面，沿着钢板边缘开缝的地方，砸掉一边，留下薄薄的一边，显得轻捷了许多。冰扎是青秆子的，钉子锉得闪着寒光。范道平说："我爸才不管，自己做的。"

我家离大河很近，过了障子的夹道，下一道坡，再过一条小河，就到了。我们在那条窄窄的夹道，遇到一个和我们一般大的小孩，他拉着一只冰车，那只蠢笨的冰车横在那里，堵住了夹道。他戴着那种毡子帽，我们这里叫作老头帽，筒状，眼睛那里开着一条缝，余下部分拉到下巴上——不过，这要到三九天，才这样戴，现在没有那么冷，是要把帽筒翻在头上的。他冲我和范道平摇摇手，神神秘秘的样子，我俩就停住脚步。这时他的身体贴在障子上，我俩就看见障子拐角那里有两条狗。一条是青色，粗嘴巴子的雄壮大狗，我认识它，是一个姓李的朝鲜族家的狗，叫迈克。一条矮瘦的黄狗，是前院郎建平家的。迈克的两只前爪正搭在黄狗身上，肚子下面伸着一根"水萝卜"，一抖一抖地在黄狗的屁股那里寻找。范道平说："我还以为什么呢，不就是配对嘛，走，翔子，咱不看了，有啥意思。"这时那个孩子摘下老头帽，陌生面孔，我们没见过。他说："什么？配对，好玩儿。俺老家把这叫个甚，你们佛佛（我知道这个佛佛就是说说的意思，但是不知道他是哪里人）？"我和范道平正要走，听他说话调调有意思，就收住脚。他说："叫勒腔框哟！"他瞅瞅我俩，见我俩没啥反应，就有点儿泄气似的继续看狗。这时黄狗发出尖利的叫声，那一截红色"水萝卜"，不见了。迈克掉过身，和黄狗屁股对着屁股，黄狗不叫了。

"你叫肖立翔吧，俺是新来的，明天到你班上，你多关照。"他说话古声古调，样子憨呆，好玩儿。我学着他的调问："你叫个甚？"他说："徐书东。"范道平还要研究一会儿勒腔框，我说："滑冰去吧。"他答应着，一边嘀嘀咕咕："嗯，迈克要把郎建平家黄狗的腔框，勒两瓣哩！"

到了大河边一看，冰上净小孩儿！范道平把划子放到冰上，划子歪着，他一只脚踏在划子里，两只冰扎往冰面轻轻一扎，另只脚也踏上，划子立起，胳膊向后一使劲儿，划子轻盈地在冰面滑行起来。徐书东坐在他庞大的冰车里，像坐在一条舢板上。他说："肖立翔，俺不客气咧。"用冰扎扎着冰一划，那冰扎可能有些钝，也有些短，一根没扎住，刺溜一下打滑了，冰车原地转了好几圈。停下后，他说："晕咧，俺没划过。"我笑，说："我也没滑过冰刀，慢慢滑。"就绑好，歪歪扭扭站起来。这时，王模特用冰车推着闵喜喜过来了，我一着急，脚脖发软，坐在冰上，就都笑了。后来王模特在前边牵着我，闵喜喜划着冰车跟在后边，竟能滑几步了。王模特说："班长，这阵子你怎么不骑马了？闵喜喜说他的脖子都刺挠了。"徐书东在我们一旁费劲地划着，他对闵喜喜说：

"刺挠就是痒痒吧？痒痒你就挠嘛！"

第二天徐书东来到我们班，他戴一副花套袖，一副近视镜。我们班当时有戴套袖的，刘革、于春清、朱汉云，她们戴的都是花套袖。男生只有张贵身戴一副灰色套袖。近视镜没有戴的，都好奇，说这个新来的学习肯定好。马小辫老师说："你介绍一下自己。"徐书东说："俺叫徐书东，意思就是，读毛主席的书，做毛主席的好孩子。"马小辫老师说："好——你怎么戴一副花套袖？"徐书东说："俺姐的。"马小辫说："哦。"她打量了一下徐书东的眼镜，张张嘴，话又咽下。徐书东被安排挨着小圆枣坐。第一节课下课后，一个老师模样的年轻女人找到我班门口。马小辫说："这不是新来的徐娜丽老师吗？"徐老师说："我找一下我弟，他早上戴了我的套袖和眼镜。"马小辫有点儿好奇，她看着徐娜丽摘下徐书东的套袖和眼镜。窄窄的棉袄袖子，肘部有个窟窿露着棉花。他的眼睛一直在镜框上边，调皮，原来不近视啊！马小辫捂着嘴笑，徐娜丽也笑。说："我弟爱出洋相，以后马老师管紧他。"

放学后徐书东说："班长到我家玩儿吧。"我说："玩儿啥？"他说："去了你就分晓了。"好奇，就问范道平，他学徐书东的口吻："去，看看分晓个甚。"闫喜喜和王模特也要去，范道平说："路滑，也当不成马了，你俩干啥去？"他俩瞅我，我说："要去都去吧。"到了徐书东家院里，见有一只大黄狗，也不叫，也不咬，摇着尾巴，欢迎我们。狗一不小心跑到我们前面，见尾巴下夹着两瓣桃红。东屋有缝纫机响，徐书东带我们进了西屋。上炕，炕烫，纷纷抬脚，金鸡独立状。徐书东到东屋，我们听见他说："娘，露棉絮哩，脸臊成猴腚哩，给俺补齐。"东屋就哈——咕——咯地笑几声，声音奇怪极了。徐书东回来后穿着线衣，跳上炕。这间西屋的炕上还有一间屋，屋子镶着拉门，拉门上贴着一张《白毛女》的年画。喜儿高高地扬着一条腿。

"俺姐徐娜丽——的腿，就这样高高地翘着，像一只天鹅。"徐书东突然没头没脑地说了一句，我们都有点儿发呆。他接着说："那个给俺家送烧柴的张结实，每次来，炕就烧成鳌子哩，俺姐站不住脚，就翘着。"

范道平说："你姐脱裤子了吗？"

徐书东小声说："是那个张结实给她脱的。脱完俺姐就拉开门，把套袖和眼镜放在拉门边上那把椅子上。"

"你姐说了啥？"范道平问。

俺姐说："套袖能遮住粉笔灰，遮不住你身上的锯末子。"徐书东瞅瞅我，我听不懂，但是心咣咣跳起来。

范道平问："那眼镜呢，你姐摘下眼镜，不是就啥也看不见了吗？"

徐书东说："不知道，俺姐就是骂。"

王模特这时说："老师还骂人。"

范道平摇摇手，意思是让王模特别打岔儿。

徐书东说："你们猜，俺姐骂个啥？她骂，×你妈张结实，你标杠打得好紧哟——哎，班长，你告诉俺标杠是啥玩意儿？"

我还没说话，一直傻愣着眼的闵喜喜说："这谁不知道，爬犁上绑烧柴的绳子，全靠那根标杠，标杠打不紧，绳子就松了，木头就散花了。"

"标杠就是一根木橛子。"范道平总结道。瞅着我，我的目光被逼到喜儿高高扬起的腿上。

"班长。"徐书东脸有点儿红，甚至挂着一层薄汗，"咱也玩玩勒腕框好不好？"范道平说："没有女生，怎么玩？"徐书东躺下来，说："班长你上来。"这时范道平分开腿，要骑到徐书东身上，徐书东屈起腿，说："你趴闵喜喜身上。班长，上来呀。"

有人敲门，徐书东的棉袄扔进来，然后是锅铲在铁锅里炒豆子的声音。嘴里一个劲儿叨叨："这个张结实，就知道往灶里添木头，搞甚哩！"

徐书东抱来两个被子，铺炕上，插死门。我伏在他身上，范道平伏在闵喜喜身上。

徐书东说："你动动。"范道平这时在闵喜喜肚子上咕涌，问："舒服不？"闵喜喜说："要拉屎。"我动了几下，徐书东说："也不得（děi）呀，那个张结实一个劲儿问俺姐，得不得，得不得？俺听见我姐骂翻了天。"

徐书东的娘拽了一下门，王模特抽了门插，说："徐大娘，俺们练摔跤哩。"

"哈——咕——咯。吃豆放屁，锻炼身体。"一双肥胖大手端着个小簸箕，里面的豆子缩着身子，积着力。抓一把放嘴里，烫得在舌上滚，香！

天黑了，我说："回吧。"院子里，迈克和徐书东家的狗，身上擎着雪，屁股连在一起，勒脮框哩。

5

自从那场大火，范道平再也没去过供销社。一天我对范道平说："我想喝汽水。"我俩就在我家自己制作起来。把几粒糖精和一小勺面起子，放进一个碗里，滴进去几滴醋精，就哗哗冒起气来。跟着倒进凉水，成了。我喝了一碗，挺像汽水，就是里面的气体没有长劲儿，一会儿就没了。我伸了伸脖子，也没打出嗝儿来。我说："和格瓦斯差远了。"范道平没喝，仰着头，鼻子出血了。他说："这些天我爸没回来，我睡炕头，上火了。"

小馊不知什么时候会吹口哨了，他吹的好像是京剧《林海雪原》里那个过门，不过就会一句："穿林海。"他问我："翔子哥，气冲霄汉是什么意思？"这回他失去了灵性，有点儿憨木。"是不是吃元宵？"他说。

　　小馊前几天完成一件壮举，不是玩笑，我们听起来都觉得不可思议。现在来说说我们家门前那条大河。刚入冬，河水结冰了，但是中间还没有冻上。有天夜里下了大雪，早起看，雪到了腰。小馊在雪里走，就露一绺头发。第三天，几只野鸡从山上飞下来，它们饿急眼了，四处乱飞一气，就飞不动了，要找个地方落。孩子们多半没有见过野鸡，看见这么艳丽的长尾巴在空中飘舞，就喊："凤凰——哦——抓凤凰呀！"可是有哪个见过凤凰呢？野鸡是顾头不顾腚的家伙，一头扎进雪窝，被孩子通红着脸逮住。小馊没逮野鸡，他看见郎建平家园子里，一只狍子慌不择路，东闯西撞，他就在后边撵起来。狍子飞身跃出园子，跑向大河。小馊摆动短腿，飞奔撵过去。到了大河中央，狍子掀蹄腾跃。在冰上打了个滑，跌进河里。对于一只狍子，这其实不算啥，只要它从河里跳出来，一上山，小馊就没戏了。可是狍子陷在了河里，出不来了。水里不知是谁丢了一卷铁线，缠在石头上，正好套在这只倒霉的狍子的腿上了。小馊怕狍子落在别人手里，把自己的老头帽，摘下来套在狍子的头上。小馊后来用冰车，把狍子拉回家。

　　这还没完，小馊几天后竟然沿着大河，一个人去了采伐区。他划着划子，背着个褡裢，里面的饭盒装着狍子肉，向他爸表功去了。回来后小馊就整天哼哼《林海雪原》了。

"捋着大河就能到二股流，不过，你们会吓得尿裤子。"小馊晃着短身子，背着小手，然后把小手在嘴巴子前边拢成筒状，说："范道平，这个（指野猪），你不怕吗？"范道平不瞅他，有点儿生气了。

据说，和我们差不多大的孩子，只有那个农社的唐瑟友，沿着大河去过二股流，他比我们大两个年级。关键他家是猎户，有一大群狗。唐瑟友身边，经常围一圈人，他戴着一顶貂皮帽子，说："知道猎狗怎么区分吗？它们分围狗和牙狗。围狗就是母狗，牙狗就是公狗。围狗把黑瞎子圈住了，牙狗上去一挑，肚子就开了——知道我的眼睛为什么这么黑，这么亮吗？我吃过熊胆。熊胆蔫了，有点儿像冻柿子，咬破一个小口，一嘬，哈，整个腮帮子麻酥酥的。一股热流从小肚子上来，眼睛发胀，闭一会儿睁开，豁豁亮！"

唐瑟友尽管有些夸张，他随着父兄打猎回来的场面，我们是见过的。就在大河，一条爬犁上躺着一头黑瞎子，这个是记得很牢的。一群猎狗在河冰上跑动。唐瑟友在后边玩着一根柳条，貂皮帽子反射着阳光。——可是小馊，一个小屁孩儿，怎么敢顺着这条大河，走上三十里呢？

咱也去二股流吧，小屁馊都去得，咱怎么不能？范道平鼓动我。我说："二股流是大人的地界，听说深山老林，轻易去不得。再说，想好去干啥，小馊有狍子肉送去，咱总不能空着爪子。你点子多，想好告诉我。"

前面我说过，我家门前，先是一条小河，过去小河不远，是大河。小河可能是泉水，冬天也冻不实，有脚懒的，就在小河里挑水吃。我们那趟房的孙丽萍，就总是在小河挑水。用一只蓝色的塑料水瓢，一瓢一瓢往桶里舀，满了，微曲腰身，担起来，歪着头，粗辫子搭扁担上，扭搭扭搭走。往家走要上一段坡，坡道被孩子们打出溜滑儿，磨得锃亮。孙丽萍那天不小心，一下滑倒，屁股结实地蹾在地上，桶里的水溅了一脸。等她从家回来，准备担第二挑水，发现坡道撒了锅底灰，小馊扒着障子缝笑。

孙丽萍腼腆地说："你撒的灰？"

小馊点点头。

孙丽萍想奖赏一下小个子，就告诉他："小河里有蛤蟆，抓回家和你姥爷吃。"

小馊说："河里要是有蛤蟆，俺能闻到腥气。"

"那你下来闻闻。"

小馊撅着屁股趴在冰上耸动鼻孔。他的鼻子紧贴在孙丽萍的裤腿边。他喜欢孙丽萍，他想闻到的是她身体散发的气息。这时一双棉靰鞡伸在他眼前。

"趴那里闻啥呢，小馊。"范道平把刚才的话都听到了。

小馊那天心神有点儿恍惚，他没有专注在蛤蟆的气息上，满脑子都是挑水的邻居姐姐。他在梦里，梦见过孙丽萍，在抚弄她的一双奶子，奶子细长，像羊，流着甜汁。

范道平那晚提着一盏嘎斯灯找我。他说："蛤蟆，就是哈什蚂子，你爸愿意吃不？"我说："谁不愿意。"他说："我现在知道它们的窝子。"我就拎着一只水桶，范道平把嘎斯灯蹾在河冰上，双手抡起斧子，在孙丽萍挑水那个地方，砍了起来。一块一块的冰漂浮起来，我伸手把它们搬到岸上，水竟有点儿烫手，汽灯下，五指像胡萝卜。一长条的水面露出来，罩着一层水汽。"翔子，你说孙丽萍的手，像不像蛤蟆的肚子？"范道平突然奇怪地问。我说："是呀，瞅着又细又滑，一点儿不皲。""我握着她的手了！"范道平叫道。一只手从冰水里拉出来，棉袄袖子湿到腋下。"底下都是哈什蚂！"

干乎乎的半水桶，鞋底粘着碎冰，拎到我家。

把哈什蚂倒进我家大盆子里，他拎起空水桶。"再去大河，翔子。"范道平说。

"干啥还去？这还不够？"我瞅着那些蛤蟆问。

范道平说："鱼，我看好了，夜里在冰窟窿里，一层！"

我认为鱼比哈什蚂好吃。

踩着冰上的雪，嘎吱嘎吱，月亮不吭声，偷偷照着。很快到了，一眼圆形的冰窟，挤着鱼，小嘴都朝空气张着。好像它们有肺。纱网下去，沉沉拎上来，你挤我撞地好像做梦。黄泥鳅，柳根子，扁担钩子……

"这个比狍子肉怎么样？用盐卤上，油煎了，就玉米饼子最香。"范道平说。

"就着二股流的小枕头馒头吃，保管噎嗓子。"我说。

下面是初步圈定的上山人员名单，我，范道平，王模特，徐书东。闵喜喜不行，他家是农社的，爸不在山上。徐书东说他也去不了，爸在老家早就去世了，剩下个哥，现在成了书记，不住山上。姐原来是场部烧炕的，非要调到学校，哥被她磨叨烦了，只好允了。用徐书成的话说，俺妹原先是烧火的，现在成了烤火的了。徐书东得在家陪着他声线怪异的娘。

"人好像少了点儿，要不叫上小馊吧？"我说。范道平说："不能带小馊，那样他就不知道自己姓啥了。"

礼拜天一大早，我和王模特脚上套着冰板，在大河的冰面上快跑。我见王模特肩上背着褡裢，并不问他里面是什么，能是什么呢？反正是家里平时舍不得的好东西。我俩来回跑了两趟，徐书东抄着手过来了。"和俺娘说了，俺娘嘟囔了半天，后来一个劲儿叹息，说乖崽哩，疼人哩。"不知道徐书东在叨咕什么，递上一个包裹，塞我手里。"又是屁豆吗？"我笑。徐书东说："俺娘口侉，心善良着呢。"打开，松软的咸萝卜干，浸着香油。

范道平在西边冲我和王模特招手，划过去，见他领着两个人。刘革掐着腰，用冰板前端的钉子帽，挠着冰。还有一个不认识，范道平说叫李松玉，一年一班的，朝鲜族。我把范道平拉一边，问怎么回事。"找不到合适的人了，她俩要去，我就把她们带来了。"刘革的肩上背着一个挎包，李松玉斜背一个褡裢。李松玉看起来很干练，戴着一副红色的毛线手套，手掌一伸一握的。

就这样出发了。先看看刘革的冰板水平。大长腿，用脚尖跑，像小人书里的喜儿。跑完站住，冰板也差不多停下了，没什么惯性。再看那个李松玉，猫着腰，快速用脚尖倒腾几下，就好像后边有一双手在推她，不住地往前蹿。我瞅瞅范道平，范道平咧咧嘴。

还没到腊月，大河已经冻得结实。这时的冰，没有裂纹，而是稍稍有些内凹，好像在说，它们还有余地冻得平坦，冻成一块青光闪烁的瓷。那以后不能再使劲儿了，不然就冻裂了。

现在的大河真美！延凌水在夜里出来漫延，像初次出外学艺的小瓦匠，在月光下偷偷把那些凹坑补平。清晨，河岸的红柳条，一根一根冻在冰里真美！

刘革和李松玉在前边，我们仨在后边，像一个冰上运动小队。

我们直到接近中午的时候，步调还差不多是一致的。划了有七八里地吧，河边遇到大片的白桦林。刘革突然喊："我哥！哎，肖立翔，你们快看呀。"

　　我们看到天空拉着一道粗粗的白线，一架飞机，在白桦林的上空盘旋。我好像看见刘配贤，在飞机驾驶室的玻璃后面，向下瞅着，面带微笑。李松玉说："刘革，你哥的眼睛真尖。"刘革的脸涨得通红，她说："那当然了。"我们像几只站立起来的黄鼠狼，垂着手，一直盯着刘配贤的飞机向南天飞去了。

　　飞机看不见了，一块乌云升上来。范道平说："咱休息一下吧，有点儿累了。"就坐在河边的一根风倒木上。河道变窄了，中间裸露着几块大石头，两只乌鸦蓦地飞起，啊啊地呼叫着。头顶落下几颗又轻又干的松塔，仰头看，一只松鼠慌乱地搓着小手，溜了。刘革捶着她的大长腿说："我有点儿划不动了，不想走了。"

　　天暗下来，下雪了。也没有风，雪花悄无声息地落下来。李松玉用红手套指着河道说："快看！"距离我们三十米远的地方，一群野猪正通过河道。它们在河中央停了下来，朝我们这边若有所思地望着。我们都趴在了那根风倒木的后面。刘革的腿因为抽筋伸得笔直。我们吓得大气不敢出。如果谁咳嗽一声，那就完啦！足足有三分钟，野猪放弃观望，又开始了它们的行进。至少一百头，一百头！

　　王模特说："刘革，你哥的飞机上有炸弹吗？"

　　刘革说："当然有啦。飞机上除了我哥，上面装的都是炸弹。没有炸弹咋和敌人打仗？"

我站起来说："我们继续前进吧。"

刘革刚要站起来，就哎哟一声大叫，抱着她的长腿说："肖立翔，班长，我动不了了。我的腿不好使了。"眼泪都出来了。

起风了，雪花惊慌地乱飞。

谁能背得动刘革这个大个子呢？正在我们不知所措的时候，身后的小火车道，传来嘎斯轮碰击铁轨的声音。

"阿布吉（爸爸）！"李松玉向身后的铁轨跑起来，她把红色毛线手套摘下来，高高举起，拼命地摇着。

嘎斯轮停下了，一个黑瘦的小胡子男人跳下车。

"二股流搞会战，礼拜天不休息，你们扯什么王八犊子呀？"小胡子男人说。

"不是我们扯王八犊子，是野猪扯王八犊子呀，阿布吉！"李松玉说。

雪停了，我们到了二股流。

腿松快了，跳下嘎斯轮。仰仰脖，天重新变蓝了，钢丝绳上悬着绞盘机的绞盘。小馊他爸就是开绞盘机的。小馊说："吊着一捆木头，跟在拖拉机后边，来来回回，像揩腚。"

"松玉哟，先找刘革的姐姐吧。"小胡子用有点儿生硬的汉语说。

正四下打量。看见爬山虎拖拉机，40型，50型，倒不像虎，蹲那里，像蚂蚱。看见楞垛，大红松，新锯口，木香竟有点呛眼睛。十几栋工房，木刻楞，门在房山。屋顶积着雪，一尺半厚，屋檐一排粗大的冰溜子。旁边一棵黄菠萝树，树下孤零零一座房子，树杈上夹着一只广播喇叭。

小胡子进去。一会儿一个女人出来：短发，大脸，活脱脱放大的刘革。刘革她姐刘布。"革子咋来啦？"刘革眼睛一红，说："来见你，不想见野猪啊。"刘布说："白长大长腿了。"刘革就笑，打了刘布一下。又说："咱哥刚刚会见了我，野猪咋也得给空军点儿面子吧？"刘布愣了一下，说："那当然了。"就返身进屋广播，也让我们都进屋坐凳子上等着。刘布拍拍话筒，嗯嗯啊啊，还没说话，范道平肩上的网兜呱呱叫了两声。刘布回头，递过话筒："那你先说。"范道平脸一红，拍一下网兜，红着脸说："别吱声，等会儿下锅就老实了。"刘布笑了，牙大，白。

就把我们的爸通过广播叫来了。

我们被领进他们住的木刻楞房，房门在房山上开。进门中间一道火墙，火墙上一排棉靰鞡。两边墙上各贴一张画，一张是红脸剑眉的李铁梅，挽着她的大辫子；一张是愁苦作揖的宋江。

我爸捏着饭盒回来，刚想接过来，他举在肩头晃晃，勺子在里面叮当响。"饭口过了，等晚上那顿吧，让你们瞎跑。"他说。爸说完就出去上工去了。我爸是系材工。屋子里热得很。那排火墙上的棉靰鞡被烤得直冒白气。看了一会儿李铁梅和宋江，再就是两边炕上一排排叠好的被子。我数了一下，有二十六床被子。那这个屋子里住二十六个人。屋子里的气味很奇怪，松木的香味里面还有一股酸味。松香还是强大的，把酸味压在了下面。我想晚上二十六个男人都回来，这个屋子里的景象。周日我爸一个人回家，我都感到家里屋子变小了。我感到屋子里喘不上气，就跑了出来。见范道平从另一个木刻楞里出来，就一起去找王模特。

王模特的爸在食堂工作，说吃得底朝天，还头一回。就把蛤蟆和鱼给他。范道平说："王勇戈嘴严，要是知道叔在食堂，再弄些稀罕物。"王模特的爸说："下回弄条龙来。"都笑。

我们仨从食堂出来，先小步走，接着跑起来。40型和50型的拖拉机在运材道上开进，积雪被链轨翻起来，露出黑土，马上有几十、上百的鸟落下来，蹦蹦跳跳地在黑土上翻找啄食。采伐工在松树下，用胯部顶着油锯，一点儿一点儿推进，拉到四分之三的地方，抽出油锯，在另一侧靠下一点儿的地方，继续拉。一会儿就听见松树嘎嘎嘎叫起来，树头晃了晃，树身歪下来，轰隆砸在雪地上。范道平的爸是打枝工，拎着大斧子，把这棵树的枝枝丫丫砍净，留下光溜溜的主干。我爸是系材工，他指挥拖拉机把处理完的主干，树头朝山下拽成一堆，用油丝绳捆住，背在拖拉机后背的甲板上，拖下山。

我爸喊我们："不要往山梁上跑，当心豹子叼去。"就坐枝丫堆上歇息，摘下帽子，头发蒸着热气。一只灰羽山雀，突然落在王模特的肩上！我摇手，意思是由着它，千万别动。它在王模特肩上观望打量，看起来想去啄他的耳朵眼，王模特忍不住，笑出声，肩膀震动，山雀飞了。

坐一小会儿，坐不住了，就往山下走，进了树林，树冠蔽日，看不见天。雪齐着胯，一迈步又齐着腰，急了，往前蹚两步，齐到脖子。吓得退回来，老老实实在拖拉机道上走。看到刘革和李松玉站在绞盘机下面，刘革揹着腰，李松玉抱着肩膀，仰望。绞盘从拖拉机背上，把木头吊起，放置在巨大的楞垛上。臭小馊，哪里像揹腰，像织布的梭子哩。

四点，天模糊了。范道平告诉刘革、李松玉："一会儿叫上你们家长，一起去食堂，王模特请客。"

五点，开饭了。我爸和范道平的爸先到。几分钟后，李松玉牵着小胡子到了，我爸和范道平的爸欠了一下身子。李松玉的爸打开一只饭盒，里面是辣白菜。又扭开一只军用水壶，给我爸和范道平的爸倒了半碗酒。这时刘布、刘革来了，刘布把一瓶白酒和一盒铁皮罐头墩桌子上，说："我弟国庆节从部队寄回来的，刘革今天空着爪来，害得我翻了箱底。"范道平的爸说："刘播音这个金贵。"小胡子给刘布倒酒，刘布扶着碗，酒液一直泻着，快满了，才松开手。小胡子

说：“松玉只给我背来辣白菜，看我回家不揍他妈！”我爸
说：“朝鲜族辣白菜稀罕，汉族娘们儿不会腌哩。”刘布拉开
罐头，一股肉香泄出，我、范道平、王模特的喉结像枪栓，
往下一拉。这时王模特的爸左手拎着一只“韦德罗”（俄语
音译，一种上粗下细的水桶），右手端着一只大盘子，走进
来。把盘子放桌上，盘子上顺着一扎长的黄泥鳅，盘子一角有
个锡纸包。腾出手托着“韦德罗”的底，给桌子上的碗，倒
了一圈，是蛤蟆汤，汤上游着野苏子叶。刘布叹道：“小崽
子们要上天吗？”几个大人哈哈笑，就先喝了一口，筷子离
盘子一寸半，不知夹哪个菜。又撂下，吸溜一口汤，说鲜。
王模特的爸喝了一口酒，并不动菜，拿出烟荷包，掏出一锅
子烟，压了压。用大拇指抹了几遍打火机的轮子，火石可能
磨短了，汽油却是足的，呼啦蹿起一股火苗，点着。吸了一
口，在胸口憋着，半天，烟雾从鼻孔钻出。刘布头一口酒就
下了三分之一，她说：“崽儿们，先文后野，吃罐头呀。”
范道平说：“刘姐说得好，野味一会儿盖住舌头，再文明的
味也尝不出了。”刘布说：“别瞎拽，就堵不住你的嘴。”
这时我看见王模特的爸展开锡纸，里面是一个兔头。他说：
“知道我是爹哩，给我捎来这个。”王模特低下头。几个孩子
一人两筷子，罐头就见了底。大人们又喝了第二口酒。小胡
子说：“吃黄泥鳅呀，这个补。”几个男人就笑。刘布站起
说：“我出去一下。”范道平说：“刘姐等等我，还有包东西

没拿来。"一会儿两个人回来，刘布抱在胸前一个报纸包着的物件，范道平拿来的是徐书东妈送的香油蒸咸萝卜干。刘布说："来，王叔，李叔，范叔，肖叔，第三口，干了，然后喝我那瓶酒。"我爸和范道平的爸，脸红上来。刘布说："肖叔，让你儿子肖立翔捎件东西，中不？"我爸说："孩子倒是心细，你信得过就行。"刘布大方地说："毛衣，让他给班上的徐书东——告诉徐书东转交他哥徐书成。"我爸接过来，给我，说："信物哩，办好。"刘布就扭开她带来的瓶酒，要平均倒。我爸说："不行了，点点。"范道平他爸也说："上脸了，点点。"给王模特的爸多倒了一些，王模特爸说："你儿子懂事"，刘布说："知道你是一家之主，也是咱山上这帮人的支柱呀，没你撑着，腿肚子转筋。"给小胡子也是点了点，小胡子说："马上还开车回去，孩子们的安全要紧。"王模特的爸用笸箩端来几个馒头，面皮开裂的小枕头！说："崽儿们有福，赶上礼拜天。"范道平说："就这个吃，徐书东妈送的。"刘布说："咸菜今天别吃了，把蛤蟆汤和鱼打扫干净。"王模特的爸提着"韦德罗"，端着鱼盘去热了一下，回来大人们只是喝汤，我们中午就饿着肚子，哪里顾及许多，把汤汁沾得一星不剩。范道平只是干咽，小声对我说："噎嗓子，要的就是这个劲儿。"

吃完饭，刘布吩咐我们大小手解决利索。我往外走，王模特也跟出来。急急对我说："翔子，别怪我隐瞒我爸在食堂，他从来没给我们带好吃的回家。"我一边撒尿一边拍他肩膀，说："我妈也没带过——不过，你爸今天挺高兴，嘬了那个兔头，不舍得吃哩。"

爸们送我们上嘎斯轮，刘布提溜着那瓶咸菜，宝似的。

6

从二股流回来，我们几个好像做了什么大事。上学的时候，范道平看起来变得很稳重，不时轻轻甩甩他的分头。我下了一个奇怪的决心，以后不骑马了。王模特别看愣头愣脑的，其实还藏着想法。闵喜喜有那么单纯吗？谁知道呢。看见徐书东，把包着报纸的毛衣给他。他说："放学你跟我找徐书成。"我说："给你姐徐娜丽吧。"他说："不行，她会把事情办扎约（东北方言，指不成事儿，坏事儿）。"

放学我和徐书东来到场部大院。陶二虎正在锯红松老干，油锯隆隆地响着，蓝烟下锯末飞溅。看他锯得起劲儿，我和徐书东站下。这种场面徐书东是少见的。油锯突然熄火，锯链停止了转动。

"瞅啥？没见过？"陶二虎边说边拎过一把大斧子。

"看拉屎不看劈柴。"又说。

"看看呗。"徐书东说。

"我是劈虫，木头里的肉。一会儿别馋出哈喇子了。"

陶二虎说。

　　见二虎把锯断的一截红松立好，抡起斧子，猛猛地劈下。喊里咔嚓，脆生生几瓣，躺在地上。瞅瞅我们，蹲下，拾起一块，端详上面的虫眼。"有。"把那块木头在地上磕磕，一条肥胖的白虫，掉出来。

　　斜睨我们一眼，扔嘴里。

　　我俩一惊，看他闭眼抿，嘴角挂着白浆。

　　直吧唧嘴，舌下生津。

　　又找出几条，放在一张白纸上。

　　"徐书东，站那儿干啥？娘有甚旨意吗？"

　　一个大个子，黑红脸膛，不知啥时已站在眼前。我俩只顾看陶二虎吃虫子了。

　　"徐场长，我劈出了虫，逗俩孩儿玩一玩。"陶二虎说。

　　"啊，我弟。你劈着。"就扭身背手进了办公室，我俩赶紧跟进去。

　　"徐书成同志，这是二股流刘布同志，托我班班长肖立翔同学，转给你的信物。"徐书东这么跟自己的哥说话，我差点儿笑出来。

　　"嘛信？这么厚？"徐场长坐椅子上，桌上一部黑色手摇电话机。

　　"你自己读吧，俺们不懂。"徐书东拉我走。这时有人敲门。

"进。"徐场长说。

"虫眼浅，咱眼也浅，没看出是你弟。"陶二虎擎着一张崭新的钢纸，上面的白虫显然用火烤过，比原来膨胀了两倍，散发着奇香。

"好。"徐场长说。

孙丽萍的爸，有一副清瘦的窄脸，裤子上挂着一串钥匙。他是林场修理库的库保员，不用上山。孙丽萍的妈，在家属队干活，但她是一个美人，戴着一条纱巾，唇边有一颗黑痦子。我们当时不知道，那就是美人痣。家属队有一块菜地，在一座山坡的阴影里。孙丽萍的妈在那里干活时，远远看去，那是很美的。这样一个美丽的女人，却有着奇异的病症。她会在院子里晾衣服时突然晕倒，浑身抽搐，口吐白沫。我们当时叫抽风，其实就是后来我们知道的癫痫。

癫痫犯了怎么办？孙丽萍的爸，就像一名谦卑的长工，在我们那趟房，端着一只茶缸，接小男孩的尿。说童子尿煎中药，治这个病。孙丽萍的爸，屈膝接尿的时候，孙丽萍就站在她爸的身后。孙丽萍可能就是在那个时候，学会脸红的。尤其看到小馊，还是个孩子，家把什儿（东北方言，此处指男性阴茎）却愣头愣脑的，脸就红了。小馊腆着肚子，叉着腿，眼含笑意瞅孙丽萍，孙丽萍扭过脸去。

　　不久，小馊向我报告了一个秘密。小馊说："翔子哥，孙丽萍太高级了！"我问："怎么高级？"小馊咬着我的耳朵说："孙丽萍，把卫生纸垫到裤衩里，你说，那坐起来舒不舒坦？"我问小馊："你用什么擦屁股？"小馊说："棍呀。"我说："怪不得你叫生（gǎ）腔！"

　　孙丽萍高不高级我不知道，我家隔壁的雪盐高级，我是看见过的。

　　雪盐有个弟，从山东回来的，叫嘎巴。他为什么叫嘎巴儿？因为拖着一条清鼻涕，等鼻涕快淌到嘴了，往回一吸溜，又抽回鼻孔。夏天，鼻涕干了，凝结在唇上，像饭嘎巴儿。我们两家的间壁墙，是架条编成的，中间夹着大泥，泥里和着切碎的麦秸。那个墙因为年头久了，有的地方开裂，透着雪盐家那边细细的一道光。

　　有一回我和范道平，在我家灶坑前听小馊吹牛，小馊吹着吹着就停下了，耸着鼻孔说："咋这么香？"他发现香味是从水缸后面的墙缝飘出来的，就爬过去。小馊瞪大了眼睛。我和范道平也爬过去。我们从墙缝里看见嘎巴儿，蹲在他家的灶坑前，烧一只老鼠。老鼠嗞嗞地冒着轻烟。那股香味就是从烧熟的老鼠身上飘出来，然后通过墙缝飘到我们这边的。嘎巴捏着老鼠有滋有味地咀嚼，好像一只胃口大开的狸猫。

　　雪盐不像嘎巴儿，那么低级猥琐，她不在灶坑那里转悠，她是不屑于吃那么劣等的俗物的。按说雪盐也不能例外，因为那时大家的肠道，多半是直白而空洞的。雪盐指挥嘎巴儿，在前园埋了一棵杨树。杨树是在大河边锯来的，有四五米高，雪盐让嘎巴儿爬到树上，把一只布满铜丝套子的毛嗑头（就是向日葵的葵盘），挂在树枝上。那是秋天，金风送爽，也送来了喜欢吃毛嗑的蜡嘴鸟。蜡嘴鸟很有意思，它在空中飞翔的姿态，就像瘸子———一跌一蹿，一跌一蹿的。它落在了雪盐布置的那棵杨树上。它站在毛嗑头上，把脖子弯下去，够那些黝黑饱满的瓜子。等到它要抬起头来的时候，就被铜丝套子拴住了脖颈，吊在毛嗑头上。蜡嘴鸟分铜嘴和铁嘴两种，铜嘴的肥大一些，也漂亮一些，开始我以为铜嘴的是雌性，后来从鸭子那儿得到启示，那些花尾巴的蓝脖鸭子，每天清早跳到那些灰突突的呆板的鸭子背上。

雪盐让嘎巴儿在园子拢起一堆柴，点着，剩下的就是嘎巴儿的事了。雪盐吃没吃蜡嘴鸟，吃了铜嘴的还是铁嘴的，我不知道。我看见雪盐伸长了胳膊站起来，拂了拂屁股。嘎巴儿埋着头，还在吮一只鸟爪。

我家里屋的墙角，也有一道缝。那天晚上爸妈去俱乐部开会，我起来撒尿，黑暗中看见那里泄出一条光线。撒完尿回来，我听见墙缝里有人说话。

"翔子哥，你撒尿好听着咧！"是雪盐。

"以后没人，咱俩就'打电话'，好不好？"我似乎感觉到雪盐嘴里的气流。

　　我从墙缝里看见嘎巴儿凑过来，赶紧钻进被窝。

　　一天下午，墙缝里传来雪盐细小的呻吟声。我贴在墙角，看见雪盐高高地翘着屁股，雪盐她妈，蜷腿坐在雪盐身边，手里捏着一根缝衣服的针，在雪盐的屁眼儿挑着。

　　一条纤细的小白虫，在针尖上甩着尾巴。雪盐哼哼着。

　　"痒死你，小浪嫚！"雪盐她妈说。

　　小馊的姥爷拼命地咳嗽，天刮着西风，一阵强烈的油漆味席卷着村庄。别人倒没怎么在意，也许根本就没有闻到异样的气味。小馊说："姥爷，这回你踏实了。"他姥爷说："我踏实个鸟儿。"小馊说："说你踏实你就踏实嘛！"扯开短腿朝大河跑去。

　　几个妇女，蹲大河洗澡。小馊喊："别洗了，快回家吧，要下雨啦！"妇女说："扯球！"接着喊："哎，小馊，想吃呱儿吗？几年没吃了，你娘没了，俺这里闲着哩！"小馊说："洗干净晚上喂你掌柜的吧——叭叭叭，就是裹，裹疯你！"妇女骂："小死馊，看我不捆烂你的嘴！"小馊就嘻嘻笑着跑远。

　　几道闪电，嘎啦嘎啦几阵轻雷，雨唰唰下起来。

　　妇女还蹲在水里。

　　轰隆一声巨响，雨兜顶泼下来。

　　几个妇女蹬上裤衩，抱着大奶，叽叽嘎嘎在雨里跑起来。

大雨的网，罩在河上，小馊看见一尾红色大鱼，拱着这张网，游过来了。

巨大的紫红棺木，像一艘船，顺水漂着。小馊的爸，盘腿坐在棺木上，手里擎着一根鱼竿，他钓鱼呢。

"爸，你着甚急，俺姥爷且得活一气呢。"小馊说。

"咋不急？你姥爷见天哽唧，说睡炕上火，屙不出屎。"小馊的爸说。

小馊眼睛发亮。"爸，你真能！河里放棺，咱这边还头一回见。"

鱼线往下一拖，横着走，小馊的爸放了放鱼线，鱼竿轻轻一提，一条大细鳞钓出水面。

小馊的爸撸了一把脸上的雨水，说："火车不是推的，牛皮不是吹的。"

7

郎建平的爸，是个健硕而愚笨的满族人。我们那时，经常去郎建平家玩儿，有时，就会赶上他家正在吃饭。爸妈早就叮嘱过，碰到人家吃饭，要避开。我们转身要走，郎建平的妈说话了，像革命现代京剧里的念白："别走呀！"大眼睛骨碌来骨碌去，以为还有什么下文，没有。可是我们的屁股，已然没有定力地坐在炕沿儿。

　　郎建平的爸，哗哗地洗了手脸，坐到饭桌前，看了看我们，啊了一声。挺直腰，伸手拿起一块发糕（苞米面蒸的，发面，用刀切成方形），吃起来。渐渐就吃进了角色。嘴噘起，吧唧吧唧地嚼着，声音十分响亮。我们的舌头也偷偷地悬着津液，不敢动。郎建平的妈说："绿军（郎建平小名），去，把油瓶子拿来。"郎建平说："干啥？"他妈说："挂你爸嘴上呀。"我们就低头笑。郎建平的爸瞅瞅我们，也笑。吧唧声更大了。

　　一次又赶上郎建平家吃饭，要走，郎建平妈说："别走呀！"扯起腿硬要走，郎建平妈说："怎么，让我拽啊。以前几回没好吃的，让你们坐炕沿干瞪眼，今儿这个，算我补过。"

　　是水捞饭。小米煮半熟时滤掉米汤，一粒是一粒，互不粘连。放在锅帘子上蒸，熟了，仍旧一粒是一粒，互不粘连。锅帘子下面，是滤掉的米汤炖的菜。那回的菜好像是炖豆角，豇豆宽，也没有肉，干炖。俺的个娘哎，那个饭就那个菜，用范道平的话说，噎嗓子。

　　郎建平的爸，是头笨牛，上山拉烧柴，梗着脖子。左挪右扭，爬犁动不动就散架了。他的锯子也不快。快锯放木头上，通常是先轻轻几个来回，然后逐渐加力，锯子吃进木头，慢慢地拉送，木屑在脚下耸起，不一会儿，上边的锯口合上。把木头翻过来，浅浅拉几锯，就折了。干木头不好拉，湿木头锯子好下，但是如果锯子不快，锯齿钝，好汉也会累熊的。郎建平的爸，上山拉烧柴靠的多半是笨力气，锯子一个劲儿跳，汗珠一个劲儿掉，木头半天也不折。

郎建平爸找到我爸说："肖师傅，听说你会伐锯（使锯齿锋利），给我伐伐。"我爸是一个特别手巧的人，靠跟木头打交道吃饭，伐个锯子，那是手拿把掐的小事。我爸就坐小凳子上，用腿夹着郎建平他爸那片钝锯，拿着锉，伐起来。伐得差不多了，闭一只眼，吊一吊锯齿，在一条线上。再用一块长条磨石，蘸水磨一磨锯齿。

我爸说："郎哥，原来你的锯，你骑着，坐到北京，屁股也不会拉坏。现在，你试试。"

郎建平他爸就嘿嘿笑，捧上一根烟，给我爸点着。

站那儿还不走，脸红着说："肖师傅，叨扰你再做张爬犁。"说完低头蹭鞋底。

我爸说："你知道做爬犁为什么用色（这里读sǎi）木吗？因为它柔韧。干活——干啥——都得用俏劲儿。"

"嗯，我就是瞎咕涌，咕涌坏了。"郎建平的爸说。

自从去二股流，才把李松玉和他爸，不，是和迈克，联系起来。我刚认识迈克时，正是迈克风华正茂的青年时期，它在村里广大的母狗群落中游走，体魄健壮，整日里举着一条胜利的尾巴。

朝鲜族对狗有一个奇怪的定义，说，什么是好狗呢？就是，必须是母狗，必须是黄狗，必须是吃泔水长大的。这定义来自他们的口腔，而不是大脑。那么，迈克，就不是他们所谓的好狗了。迈克跑骚儿，灰毛，当然，迈克也是吃泔水长大——那年头除了泔水，一条乡村的土狗，我想不出还能吃到别的什么东西。

李松玉家还有一条狗，它是一条黄毛母狗。那年冬天快要过年的时候，它被小胡子牵到大河边。河中间一条裂隙，里面隐蔽着快要干涸的细瘦河水。那条狗不知道灾祸要临头了，低下头，想要喝一口冰水。还没有够到水，小胡子推了一下它的屁股，狗的脑袋就卡在冰的裂隙中。狗滑倒，蹬着腿。另一名朝鲜族人，从腰里取出一根洗衣棒槌，狠狠地敲了一下狗的头。狗甚至都没有叫出声，就被拉出来，捅了刀子。

他们用喷灯蓝色的火苗喷狗，一会儿毛就没了，开膛，拉出狗肝，狗肝还冒着热气。小胡子用一把柳叶刀，割下一片狗肝，蘸了点儿盐面。再扭开酒壶，灌了一大口，把狗肝扔嘴里。另一名朝鲜族人张着嘴看他。

小胡子说："呀，巴立（快点儿），造它！"

姜傻子和大红花，是村庄两道奇异的风景，在供销社前边的马道口，你经常会看见这两个人。

如果是冬天，你会看见姜傻子穿一件工人的棉大衣，举着一面小旗子，在公路和铁路交叉的马道口，煞有介事地指挥着车辆。汽车他几乎是不屑于指挥的，人家司机也不看他，一踩油门就过去了。火车，就是森林小火车，远远地一拉笛，他就精神起来。立正，端着肩膀，一只胳膊平伸，如果恰巧有风，小旗子猎猎飘摆。小火车路过时，司机一般都冲他笑笑。他的胳膊就愈加平直，表情也愈加肃穆起来。

火车走远了，他就走进供销社。今天指挥了火车，那是必须要饮一番，必须要庆贺庆贺的。

他拉过一条长凳，坐在火炉边。要一条冻明太鱼，放在火炉上。火炉是汽油桶做的，里面是乡村十分少见的煤。要一小碗青酱（就是酱油），一大碗白酒。明太鱼上的冰顷刻化尽，鱼身子翻两个来回，大概熟了。把它放在条凳上的一张马粪纸上（包装纸，颜色类似马粪）。环顾一圈，也没人看他。嗞，喝一小口，舌头舔舔嘴唇，哈，吐一口气。喝半碗时，才撕一小块鱼，放嘴里。

陡然唱了一句："我～呀～啊——"这个啊婉转跌宕了半天，见有几个买东西的人往这里瞧，受到鼓舞，嗓门往下一拉，嘴咧开："命～苦～啊——"这个啊没唱完，端起碗，一饮而尽。

条凳上扔几毛钱，他是不欠账的。差不多一整条鱼不要

了，谁捡到就是谁的。他又指挥去了。新来的供销社主任摇着
头收起钱。哪个农社的孩子，低头卷起那条鱼，跑了。

　　夏天的马道口，是属于大红花的。大红花是陶二虎的老
婆，在家专门伺候孩子。她怎么伺候呢？她牵着其中一个孩子
的手，就等于全牵着了，因为这些孩子一个牵着一个。

　　大红花头上是别着一朵红色塑料花的，但是大红花的
脸不够光鲜，她的脸上有泥，泥嘎巴儿，就是结成硬壳的那
种。大红花是从来不洗脸的。她的个头呈阶梯状的五个孩
子，也是从来不洗脸的。

　　别人问，大红花，二虎晚上不嫌你埋汰吗？大红花呵
呵笑，有点儿害羞。她说："你们不了解俺家二虎，他说了
啥，你们一辈子猜不到。"别人就逗她，说："那拉倒吧，
咱不听，走吧。"大红花急了，说："看你那埋汰样，就想
×！"别人哄笑着，你掐掐我，我捅捅你，走开了。

　　姜傻子有一回喝醉了，指挥火车停，火车不停。就拽火
车，拖出去二里地。火车停下了，司机跳下来，姜傻子躺路基
上，一脸血。司机晃着头说："马道口以后没有摆旗的了。"

　　刘布和徐书成结婚了，结婚一个月，刘布的肚子就大
了。刘布现在从山上调回场部广播室工作了。每天胳肢窝夹着
一件小孩儿的毛衣在织。毛线是金黄色的。

我家对面是小河，过了小河是大河，大河对面，是家属队的养猪场。养猪场养着近百头猪，都是那种短嘴巴子的黑猪，叫荷包猪。猪以外，有十来头牛，还有一群鸡，一群鸭。这些畜禽都由一个人饲养，就是侏儒冯。

侏儒冯四十多岁，但是看上去有六十岁。他小小的个子，我当时十三岁，他站在我面前，头顶齐着我的胸脯。比小馒高一点儿。他一副红脸膛，当时还不怎么抽抽，已经像晚秋的大枣。他的声音压抑却洪亮，发声时看不到嘴的开合，犹如腹语。他说话怪异，不知是哪里人。

"革委会"主任吴宝相，经常把女知青带到这里。开始吴宝相喜欢在外边玩儿，他发现牛车下面是干草，就和女知青钻到牛车下面，让女知青躺在干草上，然后他撅着屁股趴在女知青身上。当时正盛行玩嘎嘣枪，我和范道平在养猪场的山根，寻找做嘎嘣枪的灌木——马尿烧。马尿烧的学名其实就是接骨木。我和范道平拿着几根马尿烧，准备回家制作嘎嘣枪。我们站在离牛车不远的地方，看见了吴宝相的屁股。我们躲在河边的一堆沙子后边，看了一会儿，范道平就拉着我走了。

几天后的一个下午，我们又在那个地方，发现了吴宝相。吴宝相的屁股正起劲儿地起落着。我们匍匐到离牛车三四米远的一片蒿草后边。范道平闭着一只眼睛，瞄准吴宝相。范道平在游戏玩耍上是有天赋的，他不仅划子做得好，嘎嘣枪也做得得手。他做了个大号的，平时这种枪都是攒射黄豆的，现在他的子弹是从修理库拣来的滚珠，就是车轮里用的小钢球。啪，子弹射出去。我听见好像打在布袋上的声音，噗！吴宝相一下跳起来："什么东西？×你妈的！暗害我，不办了，你的事不办了。"他穿上裤子，鞠着腰跑了。

　　吴大海开始调查这件事，那是供销社大火之后，我们惹的又一个麻烦。范道平找到我，什么也没说，把他的左手，手心朝上伸给我。我看见他爸用火炭烫的那个疤，像一只坏掉的眼睛，嵌在他的手心。我说："放心，这件事也就咱俩知道，除非劆开肚子，不会露馅。"

　　吴大海调查了一圈，毫无线索。他对马小辫说："还说下去安排种大萝卜呢，你说我叔（吴宝相是吴大海的亲叔）也是，什么由头不好，偏说安排种什么萝卜。"马小辫说："是种大萝卜，种错地方了。"

　　吴宝相消停了很长时间，又来到养猪场，这回带着另一名女知青，直接走进侏儒冯住的小屋。让侏儒冯杀一只鸡炖上，侏儒冯说不敢杀。吴宝相走到外边，没找到鸡。看见一只鸭从另一只鸭的背上下来，甩着尾巴，一节肠子似的东西挂在屁股上。说："这个也杀不得。"他瞅瞅侏儒冯，说："冯啊，明天七夕，杀头肥猪，让工人下山沾沾腥。猪腰子和大肠头，给我留着。"

要杀就杀，侏儒冯拉下眼皮，脸像一枚沉痛的红枣。

"瞧你那个脸色，好像杀你。"吴宝相看了一眼侏儒冯，把嘴凑到女知青耳根，小声说："现在进屋，杀你。"

当晚下了大半夜暴雨，黎明时侏儒冯起来，看见大河的水涨得高高的，木桥也冲得不见踪影。侏儒冯远远站在河边，挽着裤腿。突然，他喊起来，美丽的童谣一般，怪异奇妙——

相爷相爷气肿你，

猪孙孙甩着小尾巴……

某天马小辫病了，陈皮老师代课。他也不讲课，上课铃响了以后，他告诉我们看书自习。我们就把书立在桌上，挡着脸。有的好像真在看书，嘎巴（这里读四声）着嘴，大部分东张西望，想干点儿什么，又不知道干什么好。这时，闵喜喜的屁股欠了欠——噗，放了一个很响的屁。同学们都憋着笑。陈皮在看一本包着牛皮纸的书，他放下书，走下讲台，来到闵喜喜面前。他瞅了一会儿闵喜喜，说："以后放屁，到厕所去放。"同学们哈哈笑起来。

那天晚上，我去郎建平家，想找他玩藏猫儿，一进屋，看见郎建平妈躺在炕上，盖着被子。郎建平妈的脸上，稀稀拉拉地立着许多小银针。旁边一只药箱，药箱上印着"广阔天地大有作为"几个字。郎建平妈说："炕凉，你把脚伸被子里。"这时我才看到陈皮老师坐在炕上。我说："陈老师还会针灸啊？"陈皮说："皮毛而已。"又说："不在家写作业，出来干什么？当心夜露上身。"陈皮老师说话间，脚伸进被子。

几天后的一个晚上，我们玩"抓人"，就是把人分两拨，一拨藏好了，一拨去抓。我站在郎建平家的苞米楼子下面，想藏到二层去，可是平时那里有一架梯子，现在没有了。后来我发现梯子横着放倒在郎建平家的后窗根儿。我悄悄把它搬过来，贴着不走人的隐蔽的一面墙上，竖起来。我顺着梯子爬上去。苞米楼子的二层有一个小门，为了通风，一直敞着，现在小门关着。这二层是葵花秆夹的，郎建平爸的手艺粗糙，葵花秆夹得不够密实。那晚的月亮出奇的明亮，我站在梯子上，从葵花秆稀疏的缝隙往里看了看。

月光下见郎建平妈一手握着一穗玉米，头发散乱。一个男人背对着我，跪在那里，仰着头喘息着，好像在思考什么。

张嘴，男人扒开一块糖，塞郎建平妈嘴里。一股奇特的奶香弥散着。是猴王牌奶糖，我一闻就知道。

"你转过身来，拿着那玉米做甚？"

郎建平妈丢开玉米，搂住那人腰说："不拿玉米，你那细皮嫩肉不怕我挠啊。"

8

吴大海捏着一个人的手脖子，说："手伸开。"手心有一面小窗，小窗里映着通红的火光。吴大海笑了笑，弯腰提起那个人的裤腿，见小腿上束着一支嘎嘣枪。吴大海说："你烧死了洪主任，我们假装不知道，等着你来自首——可是你恬不知耻，又企图伤害革命干部吴宝相，削弱革命力量。是可忍，孰不可忍！"吴大海掏出了手枪……

砰砰砰，一阵敲门声惊醒了我的噩梦。

我下地走到外屋，看见李松玉和一个女孩儿站在我家门外。那个女孩儿面熟，长得极其惹眼，就想，谁呢？她瞅我笑，说："达瓦拉，忘了？"我说："怪不得，几年没见了。"她点点头。我招呼她俩儿进屋，李松玉瞅达瓦拉。达瓦拉说："不了，就是想约你，晚上出来玩儿。"这时我看见达瓦拉，还是一副孩子模样，记得她比我小一岁，那么她现在，好像十二岁了。

那天晚上玩藏猫儿，正是暑假，出来玩的孩子特别多。刘革晚上从来不出来，居然也参加了那天的游戏。林场正在盖新的家属房，砖瓦结构的，框架已经起来了。刘革一直跟着我，告诉我，她未来的家在哪一栋。她现在长得越发高大，有一阵子甚至遮蔽了我面前的月光。一次轮到李松玉"捂眼"，我躲到了一栋新建的房子里。屋里漆黑，我站在墙角，不断听到拍郎建平家烟囱的欢叫。一个影子映在门口的月光下，我看得清楚，是达瓦拉。我低喊，进来！达瓦拉像一只敏捷的猫，来到我面前。我感觉她好像笑了一下。她靠我身边，我闻到一股熟悉的酱汤味儿。我故意问："晚上吃的啥？"她捂住嘴，又张开，冲着我吹了一下。我的心跳突然加快。达瓦拉的头顶抵着我的下巴，我摸了摸她的脸。月光下我看见她缩了缩脖子，随即我觉得她反而高了，原来她踮起了脚尖。我扳过她肩膀，让她靠着墙。她又踮起脚。我亲她嘴，开始她闭着嘴，接着张开，我碰到她湿漉漉的舌头。

李松玉走进来，我松开达瓦拉往外跑。李松玉在后面一边追我一边回头瞅。

达瓦拉先触到了烟囱！李松玉问："你刚才藏哪儿了？"达瓦拉说："月亮依达（在月亮里）。"

大火之后，爸殁了，达瓦拉家搬到她妈妈的娘家，距张店林场不远，叫影壁：一个种植水稻的朝鲜族屯儿。李松玉是达瓦拉姨家的闺女，搬走后，达瓦拉第一次回来。

第二天一早，闵喜喜找我去钓鱼，我俩就在我家的障子根，挖曲蛇。达瓦拉和李松玉走过来，达瓦拉的辫子上扎了一个红色的塑料球，喜洋洋的样子。李松玉明知故问："你俩干啥哩？"闵喜喜诓骗她说："上山捕鸟。"闵喜喜问："你俩干啥哩？"李松玉听出他胡扯，回敬说："下河捉鳖（我们这里没有鳖，李松玉光顾着工整对仗了）。"闵喜喜说："还捉鳖，捉蛄也不是随便捉的，小心夹你屁股！"李松玉说："夹你！"闵喜喜说："夹你！"达瓦拉趁两个人斗嘴，把一个纸团塞到我手里。然后说："姓闵的，你脖子上的泥球就能钓鱼，还费劲儿挖啥曲蛇？走喽，游泳去喽！"两个人朝大河跑去。

钓鱼时我老是走神，鱼拖着钩走，挣得鱼线直抖，也不知道甩。闵喜喜过来，鱼竿向后扬起，然后跑着去草棵子摘下鱼，扔篓里。我趁空儿展开达瓦拉那个纸团，田字方格躺着几个钢笔字：下午三点，蓖麻河段。字不好看，向后仰着，但是用的钢笔，说明郑重。我断定这张纸条有人代写，因为达瓦拉不会用"河段"这样的词汇。是李松玉，嗯。

蓖麻园是革命残疾军人皮裤衩的领地。蓖麻在我们这里是稀罕的植物，它密密麻麻的长那么高，甚至高过了向日葵。蓖麻是神秘的，秋天它们被皮裤衩割倒，蓖麻的籽粒炼成蓖麻油。据说蓖麻油在夜里被空军基地的卡车运走，开车的给皮裤衩钱，皮裤衩不要，立正打着军礼。车启动后，一卷钞票从驾驶室的窗口扔进皮裤衩的院子。

皮裤衩平日推着一辆独轮车，说是收废品，但是他一点儿也不像收废品的。他的独轮车更像一个购物车，经常停在供销社的门前。让我万分惊奇的是他买的东西。他是一个鳏夫，但是他买了些什么呢？扎头的绸子，绣着小鹿的袜子，卫生纸，一包猴王牌奶糖！最后拎着一个大瓶子出来，这个倒是普通，谁家的日常都少不了，是酱油。瓶堵也司空见惯，一段塑料布包裹的苞米棒。

皮裤衩是他的绰号，范道平起的。他收废品的时候，特别喜欢收皮手套，不管是旧的，还是新的。他院子里的晾衣绳上，清一色是手套翻制的裤衩。据说解放战争的时候，他被敌人的子弹，打掉了一颗卵子蛋，剩下一颗，孤独地吊在胯下。闵喜喜曾经问范道平，你说他大夏天勒着皮裤衩，不热吗？范道平说，他要护着这颗独子。

我沿着小河，找到那片蓖麻。蓖麻四周夹着暴马子，靠近小河边一侧，暴马子发出的枝条上长着新叶，新叶泛出苦涩的气味。蓖麻高出暴马子夹的障子一大截，好像是一个女人的发夹，无法夹住她恣肆的长发。那一段的小河边，尽是泥地，泥地上河柳披拂，阒无人迹。我蹚着小河往下游走，水流湍急起来，河边泥地消失，现出一小片沙滩。沙子淡黄色，像一块掺了白面的玉米面发糕。翔子，我在这儿呢！达瓦拉低喊。水一下没过了头顶，我看到宽大的酢浆草，在水里倒伏着摇曳。一群柳根鱼游过来探视一下，又迅疾游开。这时水面扎下一个身子，光溜溜大鱼似的。我在清澈的波纹里看见了达瓦拉。光着，只剩发辫上那个红球。那里是一溜儿较深的水域，有十来米长。我腿一并，手臂一划，来到那个深一点儿的地方。达瓦拉扭转身子，小腿摆动，也跟过来。她笑了，水里龇着白牙。原来以为我不会水，跳下来救我来了。这时我发现达瓦拉是那么白，只有头发是黑的。我们开始接吻。严格地说，是我在亲她，因为她的手臂伸着，荒废在水流里。她瞪大眼睛看着我，嘴里往外排着气泡，舌头却钻进我的口腔，像一尾狡猾的扁担钩子。我小腹紧缩，那东西贴着小腹竖起来，像一条爬在墙上的壁虎。我被水呛了一口，达瓦拉蹬着腿，把我托出水面。我有点儿狼狈地拽着河边的草喘息。过了有三秒钟，达瓦拉露出头，扁着嘴吐出一口水。

"翔子，把我裤衩拿来。"

"光着吧。"

"不。"

就上了岸，在柳树下的沙地，看见蓝色套头布拉吉，松紧带裤带的白色裤子，白色拉带鞋。扩开裤子的松紧带，里面有一个小裤衩。正要弯腰取出，达瓦拉说："算了，反正刚才你都看见了。"

我坐在沙地上，达瓦拉站我身边，下午最炎热的时光已经过去。

"把衣裤脱了，铺沙地上，一会儿就干了。"达瓦拉说。

就脱了。

"裤衩也脱掉，像我。"达瓦拉说。

忸怩，不脱。

一下拉下来。

那东西耷拉着，两撮毛贴在肚皮上。

达瓦拉捂嘴笑，说："阿巴依一样（爷爷一样。是说那两撮毛，像老头的胡子）。"

两个人坐下，互相瞅了瞅，我想问纸条的事，达瓦拉说，别说话。送过舌头，好像这是一个探测仪，她现在关心的，就是怎样才能熟练地使用它。我咬住它，吸吮，她的两只手臂挓挲着，像一只傻鸟。我们慢慢躺下，我的那东西竖起来。我拉过她的一只手，往那里放。她握住，说："这么硬，怎么办？"她征求我。我有点儿害怕，把她压在下面。我那时对男女方面的事还是懵懂的，知道性交会生小孩，可是什么是性交，就是像狗一样配对吗？其实那时达瓦拉的身体还未萌发，胸脯和我的一样，十二岁，还是个孩子。可是我不知道，我万分恐惧，本能又强烈地牵引着我，让我不知所措。我让达瓦拉趴下，她翻过身，我看见她的后背沾满沙子。我趴在她背上。迈克不就是这样吗？我触着她，又不知哪里是安放我的位置。达瓦拉说："我看见大人是面对面的。"我说："你看见过谁？"达瓦拉说："阿布吉呀，我不是故意，起来撒尿看见的。"我又想起郎建平他妈，高高地撅着屁股。不过从徐书东那里得知，徐娜丽是躺着的。郎建平妈最后也是躺着的。雪盐的屁眼儿有虫，郎建平的妈，吴宝相……对了，女知青是仰面朝天的。我就伏在达瓦拉身上，我甚至下流地舔了舔达瓦拉的呷儿呷儿，她说："痒。"我突然看到她的耳朵，薄薄，绯红，好像达瓦拉浑身只有这里藏着羞涩的"爱情"。我咬着她的耳朵，达瓦拉的胳膊平伸着，说："这样挺得（děi）。"我说："得吗？"她点头。我说："多说几遍。"她把嘴放我耳朵上，哈着气，说："得得得。"我喷薄而出，忘记了恐惧。达瓦拉的耳朵被我咬破了。她说："没事，翔子哥愿意，哪里破了我都不吭声。"她屁股底下，垫着那个小裤衩，她抽出来，上面黏糊糊的。放鼻子底下闻，说："蛤蟆籽味儿！"她是什么时候垫到屁股下面的我没看到。我当时竟有点儿沮丧，游泳被呛水，做这么重要的游戏又没有做到点上。但是暗自庆幸，"爱情"没有"结晶"，这结晶可不是挂在脖子上的水晶项链，它像一只丑陋的小蛤蟆，达瓦拉难道要用影壁水田里的昆虫，喂养这个闭着眼睛，哇哇哭叫的小东西吗？

八月的时候几辆汽车通过张店村，排头的小吉普上，顶着一只大喇叭，吉普里一个穿着白色制服的女公安，把她严厉的声音从头顶的大喇叭放送出去，那声音就像一群蜂巢被捅的马蜂，在空气里凶悍地飞翔。汽车上是罪犯，脖子挂着大牌子，牌子上写着"杀人犯""抢劫犯""强奸犯"，还有"现行反革命"等等。有几张牌子上画着红叉儿。大红花那天牵着她的一串孩子，也在路边看热闹。她的挂着泥嘎巴儿的大孩子说："妈，我也要上汽车，老师给我画了那么多红叉儿，为什么还不让我上车？"旁边人就笑，说："你妈不讲信义，来，我搂你上去。"这时范道平说："那不是皮裤衩吗？"我们看见皮裤衩，胳膊反捆，头被剃得光光，目光平静明亮，嘴角好像还有纤细的笑纹。他胸前的牌子写着"强奸犯"。吉普车里的女公安，这时念到了皮裤衩，他旁边的一名背着枪的法警按下他的头。

张箱柜（原来皮裤衩大号叫张箱柜呀），以种植蓖麻为由，以头饰、袜子、猴王牌奶糖等，引诱奸污幼女多名。他编造压榨蓖麻油为某空军基地做润滑油的谎言，实则以蓖麻遮挡人民的视线，在蓖麻园中践行资产阶级腐朽的生活方式，给幼女的身心造成无法弥补的伤害……不杀不足以平民愤，判处死刑，押赴刑场，立即执行。

张箱柜就像一部叙事隐晦的小说，给张店人民带来无尽的想象。不久，小火车拉着的油罐车上，用油漆画了一个酱油瓶子，还写了一行歪歪扭扭的字：破鞋花玉容……

下面是民间言传，有鼻子有眼，你要说杜撰，平心而论，不像。

说张箱柜只有一枚卵子蛋，那枚打仗时被炸弹炸飞了。张箱柜就想试试，这一个蛋蛋，还行不行了。他是个鳏夫，按说应该找个成年女人，乡村，也不乏这种女人。但是张箱柜说，不想有后遗症，再有，张箱柜怕自己万一不行，在女人面前就抬不起头了。小姑娘多好，好糊弄。就找来花玉容，她那时还是一个十一二岁的孩子，给她猴王牌奶糖，就吧唧吧唧吃了，去脱她裤子，护着腰带的扣子，不让。给她穿上绣着小鹿的袜子，乐了，要脱裤子，还是不允。张箱柜就捏出一叠绸子，花玉容的眼睛亮了，躺在那里挑。就拉下她的裤子，没反抗，甚至都没看他。她没有挑红色的绸子，挑了一副绿的，就抬起脖子要往脑后扎。这时她看见张箱柜掏出了他的家伙，那家伙垂头丧气，蔫了巴叽。她问："张大爷，你干啥？"张箱柜说："啊，不干啥，撒尿。"就出去了。花玉容扎好绸子，照了一下那个镜子，在她看来自己简直太漂亮了。那句话怎么说来着？蓬荜生辉！其实她的脸色有点儿暗，她是应该选红颜色的，那样就把自己照亮了。张箱柜回来了，说："你再躺下。""躺下就躺下，有什么了不得。"张箱柜从身后把他那个酱油瓶子拿出来，分开花玉容的腿，对着那里使劲儿一捅，瓶嘴连同一截瓶子插进去。立时就出血了。花玉容是被酱油瓶子破身的，鲜红的处女之血顺着瓶口淌进黑暗的酱油瓶里。听说张箱柜再也没找花玉容。他找的第二个女孩儿是我们班的于春青。当时他把她领到了蓖麻园，在茂密的蓖麻丛辟出一小块地，他把自己的上衣铺在地上。于春青瘦瘦的，长得小鼻子小眼，当时九岁。听说这个女孩儿太好糊弄了，就一块猴王牌奶糖，她躺在那里，含着，不嚼，小眼睛好像大了一圈。后来她皱了皱眉，因为垫着的那件上衣，领口的污垢散发着汗臭。这个女孩儿不反抗，张箱柜很满意，完了从独轮车上拎下一个手套皮子做的大口袋，摸出一个布包，打开。给她绸子，不要，给她绣着小鹿的袜子，不要，于春青伸手抓了两把猴王牌奶糖，揣兜里。

张箱柜就这样祸害了六个女孩儿，后来张箱柜改变了最初的想法。寻思该长进长进了，弄弄大人吧，就先把一个半疯女人，带到蓖麻园。那天，一直折腾到天黑才放了那个女人，蓖麻弄倒一大片。他给了那个女人一卷卫生纸，说你以后用这个，屁股擦得干净。

女人第二天找到派出所吴大海，说革命残疾军人耍流氓。吴大海说："你说话要有证据。"他知道这个女人，以为她闲耍。女人说："皮裤衩，他穿的。"吴大海说："这个大家都听说过。"女人说："他一个卵子籽儿，我摸了。"吴大海怔怔，说："注意，是你告他耍流氓——他为革命报废了半部发动机，要不咋叫残疾军人。"吴大海为自己的即兴比喻得意了一小会儿，转而又想，这个人还能启动吗？更加认为半疯女人在胡扯。女人说："他有红绸子、花袜子、猴王糖，都不给我，你说他给我一卷卫生纸，还说我屁股不干净。"吴大海站起来，扑搂扑搂屁股，好像在说自己的屁股可是干净的。吴大海有点儿不耐烦了，但是说："证据。"女人从一个布口袋拿出一卷卫生纸。吴大海说："同志，供销社都能买到这个。你穿裤衩了吗——对不起，我是说那天你穿裤衩了吗?"半疯女人急了,说:"你以为我是光着腚,让他干起来方便?"吴大海说:"我严肃地再问一遍,那天的裤衩你还留着吗?"女人低头说:"嗯。"吴大海说:"洗了吗?"半疯女人说:"那上面沾着他的东西,像大鼻涕,不洗留着当面条下呀!"

后来是花玉容把张箱柜告了,她怕时间越长,这件事就越说不清了。她举了一个最关键的证据,酱油瓶子,说张箱柜用这个瓶子干了什么。经法医检查,花玉容处女膜整体破裂,疑似性交或其他外力作用。花玉容的妈说,性交两个字是不是可以从卷宗上抹去,公安局说,不行。去抓捕张箱柜时,吴大海看到窗台上那个巨大的酱油瓶子,阳光把它的阴影投在吴大海的小腹上。他俯下身子,拔出那截塑料布包裹的苞米棒子,屏住呼吸,鼻子在瓶口上面晃了晃。

花玉容现在声名远播,整个林业局,都知道了张店林场,有一支绛褐色的花朵。花玉容开始还追究谁在油罐车写了自己的名字,名字画在一只坚挺的酱油瓶子上。那些低年级的小破孩儿,看见她就叽叽呱呱地喊:"流氓花玉容……"开始她追那些呼喊的孩子,后来看到他们家长一道道深具城府的目光,她就停下脚步,往回走了。

半疯女人说:"那个皮裤衩,抠得很,他当时哪怕给我一把糖,甜甜嘴,我也就不告他了。"

　　达瓦拉那天来找我，也是下午三点的样子。我走下家门前那个土坡，小河上一条小木桥，我走上去，在桥中央颤了颤，柔韧的桥身拍着水面，激起水花。接着往前走，是草地，柳丛。我在柳丛里发现一个鸟窝，幽蓝的鸟蛋，没动。钻柳丛，入高大杨树林，看见一条涧水，浮着锯末子。"蹚过这水就是牛棚。"我对这时已经赶上来的达瓦拉说。她挽挽裤腿儿，要下。我拉住她胳膊，搬起一块石头一扔，扑通，沉闷的声音说明水深着呢！我知道这里。从一段窄桥张着手过去，就到牛棚了。那是林场的牛棚，牛们出去干活未归，空荡荡的，瞎眼虻也不知飞哪里去了。离开牛棚，上了小火车道，訇訇的水声，震着耳鼓。是火锯场。场里尖啸的圆锯声，几个人，张嘴说话，像哑巴全然无声。

　　水是从极陡峭的水泥坡道冲下来的，坡道中途断开，下面形成一个潭，水花四溅。我牵着达瓦拉的手，从坡道断开的侧面，猫着腰走进去。里面是一方空旷所在，水声和锯声陡然小了，像那个孙行者的水帘洞。我们到后面的山林采一些野果来。"这个先放这里。"我一边说，一边把腰里的鱼钩、鱼线取出，还有一盒火柴，压在一块薄石头下面。达瓦拉说："翔子哥，你不去蓖麻园，不去养猪场，不去苞米楼子，把我勾引到这么隐蔽的地方，么呀（干什么）？"达瓦拉仰着脸，挈着手，让我亲了一下。

　　电锯的轰鸣戛然而止，几名工人下班了，水帘倾泻下来，轻轻拂在沙石上。黑背的细鳞翻出深水，身子弯曲而有力。达瓦拉生起了火，鱼钓上来，在火上抖着尾巴。

达瓦拉脱下衣服，只穿着一条花裤衩，她躺在火堆旁的石板上。我喂她鱼，她摇头，说："你吃。"我把鱼头、鱼刺嚼嚼咽下，肉塞她嘴里。达瓦拉说："希文纳达（好吃）。"

我把刚才我俩采的托瓣，挑又大又红的两只，扣在她乳头的位置。

她脸微红，嗔怪，然后笑，说："等我长大，给你吃。"

我那东西挺起来，像墙上壁虎。我脱下她的花裤衩，扒开那里，把一枚青青的狗枣子，放进去。

她把舌头伸我嘴里，我握着她一只手……

那些危险的探索，我也不想做了，我要保证达瓦拉，不变成水田里一只大肚子青蛙。

我握着达瓦拉的手，达瓦拉捏着壁虎的脖子，这条壁虎因窒息张开了嘴，白色液体喷溅在达瓦拉的手背。

达瓦拉的水性极好，她一头扎进潭里，游了两圈上来。

"翔子哥，托瓣没了。"她说。

我们学校操场前边，是一个很大的水塘，水塘南边靠小火车道，西边挨着供销社，着火后板障子砌成了红砖墙。操场西北角，是哑巴家。哑巴家两口子是哑巴，两个女儿，又聪明又会说话。奇怪。

　　小女儿，是个淘气又大胆的孩子，大约四岁。我们经常看见她站在水塘里，为了摘一种叫泡卵子的花朵，她会一直往水塘深处走，水没到脖子，头发浮起来，她才停住脚。她去摘泡卵子花白色的花朵，水塘暗绿色的水，差不多要进到她的嘴里了。这时，花朵后边，蓦然飞出一只大蝴蝶，墨蓝色，有大人的巴掌般大小，鬼魅似的漂亮。女孩儿惊叫了一声，马莲！这是一种叫马莲的稀有蝴蝶，女孩儿显然认得，她现在伸出手去，企图抓住它，但是她呛了一口水，马莲像是逗弄这个女孩儿，往水塘深处迤逦而去。女孩儿很失望，她往后退了几步，站在一片安全的水域。她喊了起来——

　　"马莲马莲，落—落—"

　　"你妈死了，垛—垛—"

　　这俗语给我唯一的印象是，马莲很大。我们这边还有一句话，叫马莲垛，就是摆柴火时，两边要摆成结实的方垛，叫马莲垛。马莲垛摆好了，一长溜桦子一块挨一块挤着，站多久也不倒。女孩儿上岸了，腿上粘着几片草叶似的东西，是水蛭，她坐在那里抠起来。女哑巴，她的妈走过来，哇哇地冲女孩儿叫了半天，往屋跑，一会儿回来了，手里掐着一匣火柴。划着一棵，在女孩儿腿上晃着燎。水蛭松开，掉下来。捡起来，要放女孩儿嘴里，哇哇地唬着她。女孩儿闭紧嘴，做个鬼脸，跑了。

　　哑巴家房后，不远的山坡上，是沙果园。沙果园好像是生产队的，哑巴两口子平时负责看护。秋天到了，果子成熟，防鸟，防鼠，还要防馋嘴的小孩儿。

那天中午，我们去上学，路过哑巴家，看见女哑巴在门口轧水。哑巴家的井，和多数农家的井一样，是那种叫作洋井的手工轧井。女哑巴先往井口倒两瓢引水，然后快速轧起来。井伴随轧动，嘎嘎叫着，声音像极了一匹驴子。不一会儿，水上来了，哗哗流进桶里。轧完水，我们听见哑巴家的房里，传出鼾声，可能是男哑巴在睡午觉。池塘闪着绿光，一只蓝色的大蜻蜓呆呆地停在一片草叶上。我们进了教室，从窗户看见教室后面的土坡上，花玉容蹲在那里挖着什么。她专心地挖了一会儿，坐下，然后把她挖出来的一串东西，放嘴里，嚼。白色的奶汁似的东西，顺着嘴角淌下来。范道平说："她在吃地豆。"徐书东感到厌烦，说："咱们去果园吧，趁哑巴在家睡觉。"这时闵喜喜和王模特来了，就翻窗朝后山走去。花玉容望着我们，把挖地豆的小铲子藏到身后，她挺直腰，我们看见她胸脯鼓胀，嘴角有还没揩净的汁液。

通往果园的路径，有茂密的榛柴棵子，榛柴棵子有一些被砍倒，碴口锋利。榛子还没熟透，毛茸茸扎手，也不理它。看到果园了，都咽了口唾沫。棚架下没人，动手吧。嘴都紧闭着，鼻孔撑着，双手顺枝子往下撸。王模特和闵喜喜爬到树上，晃了晃，噼里啪啦掉。弯腰捡，衣兜、帽子都塞满了。这时弯着腰的范道平抬起头，他看到远处的一排果树之间，有一双腿高抬轻落，突然加速，朝这边跑过来。范道平拉着我跑了几步后，才回头喊："哑巴来了！"

大家跑散了。让我匪夷所思的是，女哑巴不知何时冒出来，并一直追到了我家。我躲在我家衣服箱子下面的那道布帘后，看见女哑巴的脚，也伸了进来，大脚趾在鞋里翘了翘，脚又缩回去。我妈回来了，我感觉她们微笑着瞅着对方，一种大人之间的默契已经达成。我看见布帘下面四脚相对，我妈突然哈哈大笑起来。女哑巴咿咿呀呀，好像在说，孩子脸皮薄，今天就隔着这条布帘吧。

徐书东在刚刚逃跑时就摔倒了，榛柴棵子的树扎子，扎进肚子，幸好没有扎在肠子上。男哑巴根本没追我们，他背着徐书东去了场部卫生所。

花玉容每天坐在小火车道边，小火车开过来时，她都要盯着那节油罐车。现在那上面有关她的标语，已经被消除。她找到吴大海，要求他派人再写上。吴大海借口去上厕所，躲到马小辫的宿舍。

美丽的黑色大马莲，看不见了。秋天深了，凉风吹着山，松鼠和飞鸟吃肥了身子，荡着树枝。池塘上绿草枯败，水面零星还有蚊虫。草墩下面，水蛭在黑色的烂泥上翻滚，跳着苍凉的舞蹈。

雪，说着就覆盖了山村。池塘上结着薄冰。范道平，已经在试他的划子。划子经过冰面，一忽悠，池塘边缘竟渗出水，好像端不住，要松手。范道平划了几个来回，就不划了，他伏在一片冰面上，往水里看着。当他划回岸上，我们问他看到了什么，他没说话。

放学随他趴冰上，什么也看不到了。冬天天黑得早，四点多，就看不到什么了。第二天早上上学，那地方铺了炉灰，什么也看不见了。后来范道平告诉我们："是死孩子。"徐书东说："这有甚怪异？"范道平说："死孩子不稀奇，可是你们没看见那孩子的模样。"我们问："啥样？"范道平说："嘴张着，像要咬人！"

谁的孩子呢？

第三章

东盛路

1

　　1965年，我妈作为一名十八岁的山东大嫚，来到吉林省浑江市（现白山市）。她那时的身份叫支边青年，就是和一大批青年响应祖国号召，不远千里来支援边疆建设。我妈被分配到八道江煤矿的食堂。我妈本来就是一个白细女子，馒头米汤这么一喂，身板就宽宽平平，只是一张脸不敢张扬，窄着———双眼睛可是像月牙一样了，喜滋滋弯着。

　　我爸那时还是一个拘谨的青年，他那时是省建一公司的汽车助手，却围着一条类似五四青年的围脖。不过，我爸去食堂打饭的时候，真实的年龄就露出来了。他老是拖裤腿，往下捅他的裤子。我妈眼尖，她看见这个帅气的青年，脚脖子上的袜筒，有一个洞。该我爸打饭了，我妈问："什么菜？"他支吾起来。我妈山东话就出来了："逮嘛？逮个肉丸？"我爸说:"八两饭,菜俺带了。"我妈往那边的桌上一瞟,一玻璃瓶咸菜,严严实实地扣着盖。就先盛了一勺丸子,上面盖着饭,递出来。

我1967年在浑江出生,我出生时,正值"文革"风起云涌,我妈希望我大鹏展翅,飞出一片自己的天空,遂命名大鹏。可是说实在的,我那会儿看起来真不像什么大鹏,倒像一只病猫。我两岁时大脑袋,小细脖,一双腿软塌塌地往后撇着。在那个阳光炽烈的年代,我不知为什么体内缺钙。好在我有一双矗立的大耳朵。开始我妈尽着它招摇,它也装傻充愣,像一株欣欣向荣的植物,支棱着,倾听着世界杂乱的风雨。后来我妈害怕了,因为我在两岁的时候就能听到地底煤层的塌陷声。一名采煤工的腿被断裂的煤层慢慢压弯,咔嚓一声折断。我躺在床边支棱着耳朵说:"折了。"

第二天,我在矿工医院打点滴,一名矿工吊着一条腿,身上缠满纱布。我看见他的关节处往外洇着血。我妈正往我的耳朵上粘胶布。我的两只耳朵缠满胶布,好像我不是夜晚着凉引起发烧,而是患了中耳炎。后来我妈把我背到百货商店,在一节卖滑冰帽的柜台前边站住。我妈笑了,那是盛夏,她决定在这个酷热的季节,把她的儿子武装成严冬的样子。她要过滑冰帽,戴在我头上,耳朵服服帖帖地靠在我的头皮上。售货员说:"这不是夏天戴的。"我妈说:"知道。"售货员说:"孩子要起痱子的。"我妈说:"那你再给我拿一盒爽身粉吧。”

　　我奶最初对我妈给我起的名字不以为然，她说："哦，祖宗隔了几层土就拟好了，怎么，不及你？没文化！"我奶说："立字辈，也别偏离这边的意思太远，叫个肖立翔吧。"我爸说："挺好。"我妈说："挺好是挺好，就是没有鹏字响。"我奶说："万鸟皆飞，鹏字太大，怕俺孙承受不起；翔字不固指，飞着就好。"我妈小声嘀咕："麻雀也飞呢，蚂蚱也飞呢。"

　　1969年秋季，省建一公司下马，我爸被分配到天桥林业局。当时搬家的汽车坏了，离我们此行目的地张店林场，还有八里地。我爸对我妈说："你和大鹏等着，给我个盆子，我弄点儿吃的来。"我爸就钻进公路边的树林，汽车司机躺在车下面，曲着腿修车。我爸在一片火烧林里，看见一丛一丛的黑瞎子果，果子上面蒙着白醭。我爸是个聪明人，一粒一粒摘，摘到天黑或许能摘满盆子。我爸就把衣服脱下铺在灌木下面，按倒枝条，用一根木棍敲打，黑瞎子果纷纷掉落在衣服上。掐着衣领和两襟，紫色浆果滚进盆子。我爸一会儿就把盆子弄满了。他举目瞭望，看到一大片萝卜地，不像个人种的，应该是公家的。就几步奔过去。萝卜露出地面半截，青青的，含着水。这萝卜我爸听说过，叫绊倒驴，拔了三五根，竟一点儿土不沾。这时，我爸听到我妈凄厉的呼叫：

　　"继光啊，黑瞎子啊——"

我爸不仅是个聪明的人，还是个稳健的人，他端着一盆黑瞎子果，腋下夹着几根绊倒驴萝卜，快步跑到公路上。我爸问："黑瞎子在哪里？"我妈搂着我，蹲在车轱辘边，一只手指着远处的山岭。那个肥胖的年轻司机龟缩在驾驶室里，两手握着摇把子。我爸顺着我妈的手望去，远处的山岭，有一头黑色的熊，手搭凉棚，向这边眺望。我爸说："是树烧焦了，黑乎乎像熊，看把你们吓出屁来了。"

就吃黑瞎子果，萝卜没动。年轻司机说："凭这，调来也值了。"这八里地全是下坡，车溜到供销社前面的马道口，停下，几个人张嘴，舌头都是黑的。

当时我家那趟房刚建成，屋里炕上的泥还没干透。我一进屋就蹲在炕上拉稀，一连拉了好几次。好像是郎建平家的狗走进来，吧唧吧唧地舔了一气，跳下炕，走出去。

2

我是个早慧的孩子，三岁就记事了，浑江地下拱动的煤层，最初迁徙，我呲在土炕上米汤似的稀屎。我甚至记得我爸把那几只绊倒驴萝卜分给了新结识的邻居。当时小馊还在他妈肚子里转筋，他姨，一个十六七岁的大姑娘，叫王唇红。王唇红当时在喂满屋子的酥雀儿，她从我爸手里接过又细又长的萝卜，说："是浑江的吗？"我爸觉得这姑娘有意思，就说：

"是。"她咬了一口，眼珠转了转，说："甜脆得很。"就过来帮我妈往屋里提东西。我妈说："王春红，不用你搬，就一牛车。"她说："婶，是王唇红。"嘴角往两边一拉，像在强调这个"唇"字。我妈盯着她说："名好怪。"这时小馊妈抚着肚子说："俺叫王齿白。"我妈一看，小个，到她妹胸脯，一嘴四环素牙，就捂嘴笑。

过两天小馊降生了，小耗子般大小，好像一只酥雀儿就能把他叼走。

我五岁时，腿也不弯了，耳朵也不支棱了，穿一身条绒衣服，干净得很。爸在山上住宿，妈早起去苗圃上班。她是后来调到食堂的。最后又调到托儿所。妈上班后，我就在家收拾屋子。我先往地上掸水，然后扫地，扫完地，洗湿抹布，擦箱子。箱子是爸妈结婚时买的，水曲柳的，油光光亮堂堂，是我家唯一像样的家具。箱子上有一座主席半身石膏像，石膏像旁边是一只茶缸，茶缸上印着一座碑塔，塔尖有一架飞机。我每次擦拭最细致的，就是主席石膏像。我把衣领部位，肩部，每个扣子凹陷的沟回，用手指缠着抹布揩净。然后投干净抹布，擦石膏像的脸。擦完，我想看看石膏像下面的盒子，那里面是主席像章，要不要擦一擦。我挪动石膏像，这时我发现石膏像底下的洞孔，掉出一张纸条，纸条散发着淡淡的油墨味。我把手伸进去，掏出多张纸条。看明白了，是汇款凭据，十元、三十元、五十元不等。许多年以后，我写了一首口语诗，贴在自己的博客上，说的就是这件事：

> 我爸给我奶奶寄钱
>
> 他把寄钱的收据
>
> 都塞到主席石膏像里了
>
> 所以我妈说
>
> 你爸给你奶奶寄过多少钱
>
> 只有毛主席知道
>
> ——《毛主席知道》

晚上，爸妈开会时，就嘱托王唇红，来我家照看我。王唇红就穿着线衣线裤，兴冲冲跑过来。王唇红开始的时候说，我给你读报纸吧。我家那时，墙上糊的都是报纸，倒不是爸妈怎么进步，图的是便宜干净。王唇红就上炕，站在炕里那面墙面前，高声读起来。读着读着，王唇红就坐下了，然后就躺下了。她问我："你爸睡哪里？"我说："睡窗根。""你妈呢？"我说："挨着我爸。"王唇红就挪了挪屁股，恰好就躺在我妈每天晚上睡觉的位置。她读起天棚的报纸来了，越读声音越小，一会儿闭上眼睛，睡着了。

我拍拍她，她摇摇头，睁开眼，说："哎哟，做梦了。"我说："王姨，梦见啥了？"她脸一红，摸了摸窗根，站起来。她走到我家炕头，炕头上面是被架，被子整齐地叠着。她把手伸进底下那条褥子，摸来摸去，手攥着拿出来。是一个长方形的小包装袋，她撕开袋子一角，拉出一个小套子。她凑近了看，说："妈呀，大号。"她竟然摸摸我的头，好像这大号，和我的大脑袋，有什么关系。她问我："想玩儿吗？"我说："咋玩儿呀？"她就把那个套子，套在嘴上，腮帮一鼓，嘘、嘘地吹起来。一会儿就吹得薄薄的，大大的，我闻到一股奇怪的气味。她把自己的头绳解下，扎住口，用手掌一托、一托，一个巨大的白气球，贴着棚，颠起来。她甚至还用头，顶了两下。

我爸妈开完会回来，看见我俩正认真地玩着气球，我爸就嘿嘿地笑，我妈没话找话地说："王唇红呀，你拽着那个气球，也上不了天！"

王唇红红着脸回家了，我爸还嘿嘿笑。我妈说："滚蛋，没好笑。"

3

我六岁那年，跟随爸妈，回了一趟山东老家。自然是先到我奶家。我奶是我们肖家的一家之主，这么说有点儿别扭，别扭是别扭，我那个爷，确实当不起一个家。我爷中华人民共和国成立前是国民党军官，黄埔军校毕业，中华人民共和国成立后，就啥也不是了。他和我奶结婚，一起干了几年小学教员，后来政治风雨激荡飘摇，他像一个被雷声震坏了耳朵的人，自己张嘴都说了些什么，也听不到了。

我奶有一家之主之名，却无一家之主之实，她不会做饭——无米之炊就更不用说了。我爷不知稼穑，二叔每天埋头子曰诗云，三叔大我四岁，还是个孩子。家中唯一有用的人是我姑。我奶对我姑说："玲玲呀，你好歹割些青草，去集上卖了拉块肉回来，给你那侄子包顿饺子。"

我姑就挎着筐，筐里放着镰刀，匆匆走了。平时割几筐草，也不费劲儿，可是现在，怎么割也盖不上筐子的底。我姑想，这要是割够了，再拿到集上卖了，俺那侄子，还不饿扁了。忽然就有了主意，把筐子、镰刀藏到一座坟头后边，撒腿就往集上跑去。

到了地方，刚刚开集。我姑从口袋小心地取出叠得齐整的红绸子，然后扎在自己胸前的大辫子上。

"各位大爷大娘，叔叔婶子，大哥大姐，俺叫玲玲，就是前些天公社文艺表演，演李铁梅那个玲玲。俺今天遇着难事了，想请好心的各位帮帮忙，俺没有什么报答的，给大家唱一段《红灯记》！"我姑那会儿每天在村里排练革命样板戏，所以红绸子不离口袋，她现在急中生智，走了旧社会卖艺的老路。我姑一亮嗓子，观众就叫起了好，一毛两毛的角票，还有汗津津的分币，扔在她的脚下。我姑又唱了《海港》中的江水英，《智取威虎山》中的小常宝，观众越聚越多，围得水泄不

通。我姑遗传了我奶的禀赋，她那时才十六岁，小莺试音，煞
是惹人。后来她蹲下来，拢了拢那些钱，天呐，竟然有十块
多！她不知道从哪里学的，冲大家抱抱拳，鞠了一个躬。

我奶是会唱几句京戏的，不是一般的会唱，这个且按下
不表。说我奶此时在院子里一棵枣树下面，像踩着急骤的鼓
点，一会儿掀一下衣襟，下面掖着的火柴匣，是几根火急火燎
的火柴。

玲玲，我姑，一脸热汗跑回来了。手里提着一条肉，一
瓶酒，挂面，麻酱，还有一包点心。

我奶问："哪里赊来这些奇珍？"我姑也不理她，把纸
包拆开，摊我面前，抹着汗笑，说："点心，吃。"

可以毫不夸张地说，那些年要是没有我爸不遗余力地
支援，我奶一家子，早就饿死了。我奶不仅京剧天分极高，
而且笔力也是厉害的，她动辄就向我爸铺陈起来，说孔子厄
于蔡，你妈现在饿于陵县……结尾往往像一个孩子撒娇，她
说，妈眼花了，写不动了。我爸就睡不着觉了，第二天一早
跑到邮局，一张汇款收据拿回来，偷偷塞进伟大领袖的坐像
里。

晚饭后我姑带我去村子的枣林。我姑抱着我，我觉得
她的胸前鼓溜溜，两粒枣核硌着我，就说："姑，我自己
走。"我们到了枣林，村里已经有一些人在那里溜达，手里一
根细棍点着地，像盲人。他们看起来不像饭后散步消食，因为

目光矍铄，饭后的人一般是目光懒散的。我说："姑，我有点儿怕。"我姑说："他们顶多是猫，你是东北虎，怕鸟？"这时一个小伙子，把鼻子凑过来，说："玲玲，吃饺子了。"我姑舔舔嘴唇，说："俺大哥来了，不吃饺子吃啥？"就让我蹲下，她跪下，折一节草棍，撅起大屁股。我看见姑眼前的地面，有一个深深的洞，姑把草棍探进去。过了一会儿，一只蝉，抱着草棍，被轻轻拉出来。蝉的翅膀紧紧裹在身上，精湿，还展不开。它们要是爬到树上，你就干瞪眼了，吱吱吱吱地吵你，气死你。

捉了一瓷碗蝉，用盐卤上。第二天一早，用油在锅里煎，吱啦吱啦响。给二叔一只，摇头不吃，给三叔一只，摇头不吃。看着我吃，都吧唧嘴。

要去我姥爷家了。我妈掏出五十块钱，给我爷，我爷湿着眼，不肯接。我奶顺手接过，别衣襟下，说："还是媳妇大方。"又用袖子抹眼睛，说："没你俩，俺们就毁了——妈就是麒麟，在黄鼠狼的地界里也托不了大。"

我奶家那个村庄叫玉河家，在陵县。我姥爷在昌乐县的苏家庄。要到庄子了，过一条大河，我妈背着我，我的脚离河面还远。我爸扛着背包，背包上印着"上海"二字和一列火车。河中间一群孩子过来，为首那个，看起来比我大一点儿，问我爸叫一声姑夫，接过背包扛肩上，立时矮了一截。我爸笑，说里面是松子，沉呢。

　　进庄子，入大院，大舅分头甩着，长脸，一看就和我妈一个模子刻出来的。就挲着胳膊让座，都坐在院子里的矮桌前，两张并着，四面围着条凳。桌上是西瓜，刚切开，起着沙。一盘带皮花生，才出锅，还烫手。茶水端上来时，一个老头也荷锄迈进院子，我妈叫一声："爹。"眼圈红了。老头把锄头立猪圈旁，一头肚大背宽的肥猪，卷着尾巴走过来。我叫道："姥爷。"他回头，脸倒不是很长，眼角一颗大痦子。我想这面相叫威严，还是叫凶悍？中华人民共和国成立前当过保长呢，保长是干什么的，我就不知道了。他摸摸我的头，说："叫鹏是吧？看这长胳膊，将来翅膀硬了，这地方撂不下你呢。"

　　那个帮我爸拎包的叫国庆，大我一岁，大舅的儿子，吃罢饭带我去摘石榴。他上树时我光顾着仰头瞅，踢翻了脚下石头，一只蝎子翘起尾巴，转磨磨，猛地蛰在我的脚上。

　　石榴掰开，籽粒鲜红，国庆把它递给我——我的脚也红肿起来。国庆扶着我走，我哭了，他就背起我。我伏在他肩膀上像一只鸟，啄起石榴，就不哭了。

　　回到家时他们正嗑松子，虽是去年松子，但一直风干在墙上的背筐里，没有一粒变质变味。大舅歪着脸嗑，咔吧，瓢子上还裹着那层薄薄的皮。他对我爸说："妹夫，这和花生一样，壳去了，仁上的那层薄皮，带着吃，好。"我爸说："是，营养全在那层皮。"

我大舅是小学校长，他穿一件白衬衫，经常在小学前面一条小河洗他的长头发，然后坐在纸窗前读书，口里衔着姜糖。他是一个清新的人，溪水浣洗的头发，姜的口气，茶色的牙齿，直板却有点儿天真的马脸。

说说我二舅吧，他在我家刚搬到张店林场那年冬天来过我家，那会儿我三岁。我能够清晰记得的是，二舅在我家菜墩切土豆丝。二舅切得并不快，不像我妈，叮叮咣咣就切完了。那些土豆片好像没动，后来他拢进盆里，倒一瓢水，才看出来是土豆丝，细如头发。我妈说："二哥，啥时学的？"我二舅说："这个用学？"就笑。

那天国庆带我去捉蝉，他不像我姑，撅着屁股在地洞里捉，他举着一个树杈，树杈顶端，粘着一团嚼得黏黏的新麦。树杈悄悄接近嘶鸣着、忘乎所以的蝉，一下粘住它的背，就不叫了。

这时狭窄的胡同里疯跑过一匹驴子，咴儿咴儿地鸣叫，它绕过胡同里一只巨大的磨盘，朝我和国庆这边跑过来。当时二舅刚拐进胡同，手里拿着两只焐熟的红皮地瓜，他是来招呼我们去他家吃饭的。那匹驴跑到我二舅跟前，张口要去叼地瓜，我二舅以为这畜生戏耍呢，就背过拿着地瓜的那只手。不想这畜生一下叼住我二舅空着的这只手，我们霎时间听到了指骨断裂的声音。我二舅肯定是蒙了，他咦了一声，被驴子凭空抡起，重重地跌在墙边一架独轮车上。车子轰然倾倒，我二舅躺在地上，那只手里的地瓜还抓着。

驴嘴奇臭，我姥爷摇着头，我大舅当时拿着一根教鞭，想去抽这头可恶的驴，可是它跑到河边，默不作声地埋头吃草呢！

三天后我二舅就死了，入棺时一条臂膀肿得高高的。我二妗子哭两声，瞅瞅我，眼圈一白，瘫地上。

那以后我再也不吃地瓜了。后来在语文课本上学到《黔之驴》，我也一直不相信，老虎比驴子厉害。

4

冬天我奶带着三叔来我家，我奶一看尺八厚的大雪捂着房子，不敢进屋。她说："就一层油毡纸，不冷吗？"我爸说："里面是锯末子，像棉被。"我奶就进了屋子，漆着黄油的炕板一摸烫手。她就脱掉条绒棉鞋偎进炕头，一会儿手从屁股底下抽出，脱下棉袄。我妈给她沏了一碗奶粉，放了一勺白糖。她说："你们就喝这个，怪不得！"她瞅了瞅我妈的一双大奶。我妈说："翔子平时喝点儿。"我妈也叫起翔子了。我奶滋溜滋溜几口就喝下了，鼻尖渗出汗，抹抹嘴。

我和三叔还有一群孩子在河边的那道坡上，用架条玩拼刺刀。拼着拼着，我想起在山东玉河家，三叔带我去大湾洗澡，我们脱得光溜溜的，脚陷在大湾的淤泥里，芦苇叶撮着鼻孔。上岸时我的腰带怎么也找不到了，那是一条夏天扎的白色塑料腰带，上面是蓝色的条纹，非常漂亮，可是它不见了。三叔说："谁让你那么扎眼。"扎眼？我开始使劲儿地用架条和他拼，三叔退到了障子根，架条扎在他的眼角，出血了。回家我妈要揍我，我奶给我三叔沏了浓浓一碗奶粉，放了两勺糖，说："没事，补得回来。"

我奶给我姑修书一封，带着我三叔前脚一走，我姑后脚就到了。

我姑不是来我家喝奶粉的，她是来我家干活的。那阶段别人碰见我妈，就说："这小姑子，啧啧啧！"

我姑坐在我家园子里的凳子上，锯烧柴，她的两条腿不是蹲地上，而是伸着，蹬在锯架上的木头上。锯子拉拽自如，好像在这里生活了许多年了。

她去大河的冰窟窿挑水，开始歪着脖子，双手扶着扁担。几次她就甩起了胳膊，扁担颤颤悠悠，桶里的水抛起了尖，也不洒。

我姑蒸苞米饼子，手攒动着和好的苞米面，远远地往冒气的锅沿一甩，叭，扁扁地贴上。

我姑在我爸我妈开会的晚上，在家唱起了京剧。王唇红在我家门外听，出去说："哎哎，撒谎不是人，比戏匣子还好听！"

媒婆就上我家来了，瞭着我姑，见她两道黑眉，鸦翅也似，探进鬓里。就说："不知咱这旮沓，谁有如此福气。农社的，怕配不上俊妮，林场的，也要选一个通灵的哩！"我妈说："小姑子身板好，没有做不来的活计；关键那戏文，就在她嘴里含着，不用戏匣子了。"媒婆就说："等着，等着，俺去寻仔细就是。"

我奶这时天火燎腚地来了一封信。说玲玲不能在东北林区找对象呀，那里冰天雪地，撒尿冻成棍棍呢。那里地荒人蛮，生啖野兽的肉咧。你不是去河套挑水了吗？喝冰水诞不下崽崽哩……

母命难违，我姑匆匆回了山东，不久就嫁人了。

5

在山东青岛，我奶有一胞兄，叫姜洁三，是青岛国棉九厂的工人。姜洁三小个子，大脸，穿着一条背带裤。他面相上有一个显著特点，就是眯缝眼。我小的时候，以为说的是蜜蜂眼，好奇怪。其实他是有意闭着眼。我奶常说起我这个舅爷，说他骄傲，世间事都不在他的眼里。

我奶和舅爷幼失怙恃，没有舅爷，这个世界就没有我奶。小的时候，他俩在一个远房的叔叔那里度过了人间最初的风雨。那是怎样的一个古怪的男子啊，筋骨细腻，面似美玉，在桃树底下绣花，翻筋斗，像一架秀丽的水车——然而他又是怎样的暴戾和折损啊，掐着一枝柳条，抽得舅爷像一只鱼篓。我奶偷着笑，就罚她吃虾酱，吃咸地瓜梗，然后看她偷着喝水，肚子饮成一面鼓。兄妹俩的京剧功底就是在这位叔叔的手下练成的。有一天早上他吊在柳树上，吐着粉红的舌头。兄妹俩以为他开玩笑，拉他一下，一晃荡，袖子里掉出一只小青蛙，吧嗒跃进水塘，涟漪一圈一圈地散开。

我这个舅爷太不像一名产业工人了，他骑着自行车上班，但是他在自行车上，脚一个劲儿向后摇，车轮上，他镶着的那些花花绿绿的塑料片，惹得满大街的妇女驻足注目。要不他就新换上一盏车铃铛，拇指不停地按动，像淘气的孩子在玩一件新奇的玩具。

舅爷有一个傻儿子，我六岁那年回山东，曾绕道青岛见过他。他那时和我三叔差不多大，光着屁股，坐在院子里一条板凳上，咿咿呀呀地哼着看天上的飞机。那是青岛沧口区，有一个小型机场，飞机像牛车一样，在跑道上磨磨蹭蹭地绕着圈子。舅爷的傻儿子，脸十分白皙，下巴有棱角，很英俊。但是他几乎没有什么智力，飞机很低地掠着他的头顶飞过，螺旋桨搅动的气流甚至吹乱他的头发。他像鸟一样欢叫着，胯下的鸡鸡随着欢叫，不可思议地竖起来。

那是革命样板戏风行的年代，但是我舅爷，不为所动。他年轻时和我奶一样，骨血里有藏匿，是一个杰出票友。在沧口区那一带，甚至在大半青岛，锣鼓胡弦一响，行里人就会记起那个眯缝着眼的民间高人。"文革"时期的宋玉庆知道吧，就是革命现代京剧《奇袭白虎团》里，侦察排长严伟才的扮演者，山东宋玉庆。他是第一个让我舅爷，把眯缝了多少年的眼睛睁开了的人。不是我舅爷撩起眼皮，上赶子去夹新贵的袍袖，是名声还没有爆响的宋玉庆，匍匐到了我舅爷的门下。

京剧这东西和写作也差不多，天灵盖里有，看你怎么把那条缝打开。我舅爷就那么点拨了一下宋玉庆，宋玉庆就红了。姜洁三的名号，大起来。

20世纪60年代，我奶一家，在山东陵县，过着朝不保夕的生活。有一年秋天，我姑我叔（二叔，还没有三叔），饿得蜷炕上打盹。

那年的玉米长得真大呀，可长得再大，再好，那也是公家的，个人就是饿死，也不准动。我爷秉持家训，仰仗所谓的军人骨头，咬着牙，眼睛已经昏花。我奶也可以挺下去，腰带再系紧一些而已。但是，孩子们不干了，他们饿，也瞧见邻居孩子，在嚼玉米馍。我姑说："凭啥呀？咱也自力更生嘛！"我奶说："怎么个'生'吗？"我姑就瞅我爷，曲着胳膊。她说："能夹住枪托，夹不住玉米棒子吗？"我爷伸手拦着我姑的嘴，说："你这闺女，可不敢乱讲，要打成反革命哩！"我奶突然直了直腰，拍腿甩臂，做了一个京剧里的动作，有板有眼地喊了一句："肖——世——勋！"我爷应该叫出"得令"二字，哪里叫得出，万般无奈地苦笑了一下。

我爷夜晚向生产队的玉米地进发。那晚有不配合的圆月朗照着。我爷毕竟行伍出身，脚步还是轻盈快捷的。后来他有意放慢，他已经看见了玉米地，甚至已经嗅到玉米香甜的气息。他鼻翼翕动，站在挺拔的玉米棵旁边，有两分钟，一动不动。他攥着口袋，手心出汗。现在他屏住气息，伸出了手。嘎吱，玉米掰下来了。嘎——

第二穗还扭结着，有人喊，不许动！我爷一激灵，怔在那里。这声音多熟悉嘛，那是在解放战争的战场上。我爷甚至在想，要不要举起手来。后来他的心突然平静下来。是同村的恪财。

"这不是咱村的世勋吗，怎么可能吗，谁信吗？"恪财夸张地揉着眼睛，手里端着半自动步枪。

我爷蹲下来，想看看地上有没有裂缝，钻进去算了。

家里，实在是……我爷差不多现出哭腔。

肖恪财环顾四周，告诉我爷："那边还有护青的呢，咱是一族，俺不落忍，你快溜地跑吧！"

我爷就这样落荒而逃。第二天我爸撵上他，两个人一起到了长春。在长春他们辗转落了菜社户口，我爷不会种，返回山东。我爸在省建学了两年泥瓦匠，学了开车修车，后来省建下马分流，到了林业局。

6

刘革的大哥，刘配贤转业了。刘配贤是骑着自行车回到张店林场的。自行车不是凤凰，不是永久，是那个年代风行农村，叫作大金鹿的弯把脚闸车子。他戴着没有五星帽徽的军帽，脖子上系着一条白毛巾，从那个八里长的大坡冲下村子。他没有直接回家，而是把自行车停在供销社的院里，进去买了十几听罐头，装进军用挎包，然后跨上了大金鹿。开始他可能有点儿不习惯，一上车往后摇一下车脚蹬，可那是脚闸，往后就是刹车，多亏他伶俐，才没有摔倒。

刘革牵着刘布儿子的胳膊，这孩子出生就没有右手，脑袋奇大。他喊着："大舅飞回来了——大舅，这就是你的飞机呀，我要坐飞机，我要坐飞机！"刘配贤就把小外甥放横梁上，推着他走出院子。

刘配贤转业分配到县商业局，离家一百里地，县里和张店是通巴士车的，他说："我不坐那玩意儿，当几年兵，净坐车了。"刘革说："可不是，俺哥飞机都坐腻了。"刘配贤说："飞机我没坐过呀，你哥是空军地勤。"

刘配贤转业很快就结婚了，妻子是孙丽萍。他给孙母的见面礼是十听罐头。孙母很高兴，说："俺萍这下掉进福罐罐了。"刘配贤就用大金鹿自行车驮着孙丽萍回了县里。那个八里地的大上坡，孙丽萍要下来，刘配贤说："不用，你以后就知道我劲儿有多大了。"

王模特的爸死了。王模特的爸做完饭，想出去抽一支烟。他卷好了烟，转动打火机，有风，怎么也打不着。他前边有一个嘎斯桶，他就走过去，勾下脖子，衔着烟，想用嘎斯桶做一下遮挡。以前这是没有问题的，点了不是一支烟两支烟了，挺背风。王模特的爸打火机点着了，这个嘎斯桶一声巨响，像穿天猴一样飞起来。王模特的爸，也被带着飞起来。据说嘎斯桶飞过房子，在松树枝上弹了两下落下来，王模特的爸，领子被树枝钩住片刻，然后落下来。

王模特的头发那几天乱蓬蓬竖着，左臂勒着黑箍，脸色苍白。他瞅我们的时候，我们看见的却不是滞重的悲伤，是什么？你可能不相信，是轻松，可怕的轻松。

7

我奶给我爸来了一封信。以前，我奶也经常给我爸写信，意思多半是，继光呀，寄钱吧，家里揭不开锅了。这封信却一扫小家子气，大有修身、齐家、治国、平天下之意了。

　　吾儿如晤：

　　　感谢小平，感谢邓大人，拨开阴霾，让我辈重见天日。

　　你也知道，娘素怀大志，怎奈为鸡豕之事羁绊，躬耕瘠土，难舒素手。今虽腿已弯，面险残，一颗心还如丝弦，一拨，铮楞楞响着呢！

……………

　　洒子愚痴，但虎毒不食子，你莫动气，学娘隐忍。

　　速让翔子来，以期他日一飞冲天。山沟沟窄，只会捅个架条！

　　　　　　　　　　　母书　1980年2月于长春

　　我奶一封信，我爸如堕五里雾中。之前隐约知道母亲在奔波回城之事，但是那么久了，又是遥远异地，哪里容易。没想到就落实了，我爸心里由惴惴而欣喜，暗自佩服我奶，真是个了不起的老太太。

　　梦见山猫、猪、马小辫和吴大海，马小辫她爸，于春青，刘革。

　　山猫在锅里，锅盖轻轻颠簸挪移，散发出强烈酸气。

　　猪在山东我奶家的茅房下面，我奶撅着腚，猪哼哼唧唧地走过来。

　　马小辫脸上的疙瘩由红而紫，由紫而黑；吴大海低着头理发，越理越短，俨然儿童。马小辫的爸，作为新任理发师，肚皮肥腩腩地垂着。他在训斥吴大海。

群众的看见了——

老百姓的看见了——

看见什么呢，不知道。

于春青淌下鼻涕，往里一抽，眼睛依旧那么小，作为一名发育迟缓的女孩儿，屁股依旧瘪瘪瞎瞎。

刘革在梦里变漂亮了，约我看电影，我俩坐在过道中间。她没穿袜子，趾甲涂得艳红，肥厚的嘴唇也涂得艳红，微微张着。

梦外，刘革送我上火车。她说："咱班，就我自己送你哩！"

巨大的火车轮子的连杆，慢慢摇动，车轮高过我的头，我看见刘革的眼圈红了。那一刻我觉得刘革没有平时看见的那么高，挺娟秀的女孩儿。我无端想起《女护士日记》的电影，刘革不像女护士，女护士丹凤眼，刘革有点儿肿眼泡；我又想起《生活的颤音》的小人书，看了多少遍，接吻，刘革会吗？

东站那座墙壁厚厚的红砖二楼，外表一看，还挺新，正门门脸破旧，后门就是一条过道。一层左右各住着三户人家，我奶家在二层。楼道狭窄，上楼，右拐，一条三户走廊，最里面那家，是奶奶家。

三叔敲门，门先窄窄推开，视域里嵌着一张脸，额前头发是黑的，脸颊一道疤痕，疤痕兀自发亮。见是三叔和我，门推开靠墙，奶奶站在一道光亮里，竟微微眯起眼。

屋子也就十五平方米，但有三张双层铁床，床上都围着布帘。屋内并不显得十分局促，尤其对面一扇大窗子，阳光奢侈地倾射进来。奶奶坐在床上，脚悠搭着，但我还是发现，其中一条腿，有一点儿弯了。

翔子来了。声音吓了我一跳！抬头看，三张二层床，无法分辨声音是从哪一张发出的。一只脚从床帘里探出来。我奶站起来，往里搬，说："你爷呢？"我问："怎么了？"我奶说："喜的——离开山东那一亩三分地，喜的哩！"

奶奶在走廊生炉子，那是八月，炉火蹿起老高，她偏着头，把一壶水坐在上面。这时门拉开，门口站着一名解放军战士，腰间扎着皮带。细一瞧，唇上、下巴胡须勾连，两颊似留白，烘托出一双水墨细眼。我唤了一声，二叔。他也不理我，正步走到奶奶跟前，啪，敬一个军礼。又回头，说："连长呢？"我爷撩开帘子，显得非常虚弱。二叔说："连长，你坐好。"爷爷坐起来。啪，又一个军礼。低头看看脚，一双懒汉鞋，说："娘，俺要皮鞋，婷婷的带劲儿，这瘪瘪塌塌的布鞋没个气势！"

我已经看出二叔一脸疯相，奶奶没有欲盖弥彰，自己的孙孙，瞒个甚。这时三叔进来，斜着眼瞅二叔。奶奶说：
"三儿，招呼翔子吃饭。"三叔买早餐去了，奶奶不会做
饭，买回的是馒头、咸菜。炉子上的水，开得顶起壶盖。

爷爷一直没有下床，他卧着嚼着馒头，像一只苍老的山
羊。二叔不吃，他撅着屁股，往外倒腾床底下的蜂窝煤。他叨
叨着："这些机枪转盘，应该放在一个更加得手的地方。"汗
水在他的脸上爬着，军帽还牢牢扣在头上。三叔要制止他，奶
奶示意随他。一会儿二叔挺起腰身，胸前抱着一只木盒，他嘻
嘻笑着，又拉紧脸。他好像有些疑惑，这么重大的缴获，竟没
有得到哪怕一声赞许。

"哎哟，我的娘哦！"奶奶从走廊进来，夺过木盒。这
时我听到木盒内发出怪异的声响，像唱片机的指针走偏了，
声线跑调。奶奶拽了一下二叔腰间的皮带，算是惩罚。奶奶
说："娘，莫惊，是老二和你闹着玩哩！"把木盒放床下，想
往里推一推，手却摸了个空，跪地上往床底下看，木盒已怯怯
地贴在墙根。

是奶奶母亲的骨灰匣。

8

刚到长春时，奶奶家住在民丰三条。爷爷每天拉着板
车，带着二叔、三叔，去厕所起粪。他们天不亮就出发了。

找到一个厕所，撬开后边盖着粪坑的木板，爷爷和三叔跳下去，尖溜溜的粪坨齐着头顶。三叔说："爸，这东北人真能屙。"爷爷就笑，忽然又严肃起来，说："金子哩。"闭紧嘴，钎子不知道往哪里扎，三叔放下尖镐，接过钎子，端着，横着戳。粪坨很快矮了。爷爷问上面的二叔要铁锹，叫了几声老二，没人应。这时一股尿水呲到爷爷脸上，他吓一哆嗦，又不清楚上面是男是女，就低头忍着。一个男孩儿的声音丢下来："你不是叫老二吗？给你呀！"边说边抖着鸡子。三叔想跳上去揍这个没教养的孩子，爷爷拉住他。二叔买烟去了，回来后听说自己的爸被人尿了一脸，他把铁锹顺下厕所，说："你们愿意受气就在这里受，下面就是金子，我也不弯这个腰！"

　　如果说青岛我舅爷的那个傻儿子，一生下来脑子就坏了，那么我二叔不是，在玉河家，我二叔甚至被誉为神童。他饱读四书五经，一手瘦金体毛笔字，疑是赵佶转世再生。

　　他说："在山东，俺们是土里刨食，干净，踏实。"

　　我奶说："在东北呢？"

　　他说："粪坑刨食，别人屙，屙粗屙细，俺们敢忌讳吗？总不过淋着尿端手里。"

　　我奶说："你知道山东的茅坑为什么干净吗？"

　　他望着我奶，木然。

　　我奶说："无屎可屙嘛，猪也在下面瞪着眼等嘛——那东北孩子固然刁蛮，可是他能撒出热乎乎的尿。撒你爸脸上怎么了？福哩！”

爷爷笑，三叔也笑，二叔想笑，可是他笑不出来。他说：“荒唐！”

二叔就不去厕所淘粪了。

夏天了，一个热烘烘的中午，他从梦中醒来，要上厕所。他在厕所闭着眼蹲了半天，正要出来时，看见两名穿着军装的年轻女子走进来。他一激灵，知道自己走错了门，想站起来出去，来不及了。这时他看见女子解裤子，一个快速蹲下去，尿液唰唰地呲着；一个站着，拉开裤子，说：“哎呀妈呀，我来事了，你去小卖部买卷卫生纸。”撒完尿那个女子出去了，他看见另一个女子就那么叉腿站着，还往前拖着裤衩。他不知怎么也站起来，走到女子跟前，他还探过头，看到女子稠密弯曲的草丛。女子这时才发现这里藏着一名男人，她没有叫喊，手甚至还拖着裤衩。

两名解放军女兵十分钟后站在我奶家门前，先敲了几下门，没人应，刚要挥起拳头砸，门开了。

我奶问：“找哪个？”

“找流氓。”女兵铿锵地答道。

我奶跨出门，上下打量了一番，见她俩一没帽徽二没领章，心里绷着的弦，松了一下。问：“谁是流氓？他把你怎么了？”

女兵支吾，脸有点儿红。

我奶说："就一女一男在厕所，是不是？"

女兵说："大娘，是女厕所。"

"你刚入伍，披挂还不齐整——俺那个傻儿，睡魔怔了而已，没把你怎样，是不是？"我奶施展起她的嘴皮子功夫。

"可是他进女厕所就不对，还公然偷看！"女兵现出了孩子气。

我奶笑了，说："公然，还偷偷摸摸——我再问一次，厕所里就一女一男两个人——"

"是。"女兵可能害怕了我奶那个"是不是"的尾缀，慌忙答复。

两个女兵转身走了，我奶靠着墙，站了好一会儿，才进屋。爷爷、三叔还在午睡，二叔坐炕边，腿一颠一颠地抖个不停。奶奶知道，老二以前从来没有这个动作。

厕所事件后，二叔就恍惚起来，有时突然发笑，骂一句："进她娘！"这句山东特色的咒骂引起奶奶的注意，倒不是老二从不骂人，烦闷了，骂一句粗话泄泄气，也是正常的。是老二骂人时的眼神，恶狠狠的，而且，对着她。

我奶就问："老二呀，骂谁呢？"

二叔瞅着我奶，足足有一分钟，突然咯咯地笑起来。

傻子可以是母亲对孩子的昵称，昵称戴在脖颈上是项圈，可是它卡在额顶，就变成紧箍咒了。

二叔不愿意离开山东农村，那里再贫瘠，他也愿意做懒卧那里的地瓜秧。东北是什么？也是一地的山东人不假，可是串种了，乌泱泱结的不是什么好果子。你不种地，手不痒嗓子痒——痒？他想起山东农村的黑妮。夏天他在桥洞睡觉，黑妮用草棍痒他的鼻子。黑妮，稠密弯曲的草丛。

三叔用他和爷爷卖粪攒下的钱，买了一台留声机，唱片转着，奶奶好像站在唱片上，一阵阵晕眩。开始她还不好意思，说："这不是烧包吗？"三叔说："我和俺爸夏天多淘几舀子，冬天多刨几镐头，就啥都有了。妈，你一辈子就喜欢唱唱，这回继着唱。"奶奶的脸就红一下，接着，这红细成一条线，环进眼圈。二叔在一边望着，说："痒。"就出去了。换一张唱片，听了前奏，奶奶就张开嘴，竟听不出是她在唱，还是唱片里的角儿在唱。爷爷眯着眼，三叔不住地叫好。窗外传来二叔的声音："进她娘！"

有一天二叔问："妈，黑妮呢？"

奶奶正在听唱片，没在意。

二叔又问："妈，黑妮呢？"

奶奶这回听清了，转过头，看看二叔，说："老二思春了哩——不过你莫惦记黑妮了，等妈给你寻个东北妞。"

"俺不要东北妞，要黑妮。"

"黑妮嫁人了，嫁后就疯了，见天在桥洞里吞草棍。"

"嘛？"二叔的声调倾斜尖利，奶奶觉得脊背如同穿刺。

"黑妮那么黑，那么瘦，等妈给你找个白白胖胖的。"

二叔走到奶奶跟前，太阳穴上的筋突突跳着，他站了一会儿，取下那张缓缓转动的唱片，掰了掰，唱片显出弧度，又翻过来，搁在留声机上。"这个老太太把我连根拔掉了，我死了，缠在我身上的藤蔓，活得了吗？"

晚上，二叔肆无忌惮地手淫起来。从前，这种自渎行为他从来没做过。想黑妮，怎么也不行，后来想厕所那个女兵，稠密弯曲的草丛，露水就把它们打湿了。其实他是向奶奶示威，奶奶看见他在被子里欢快地抖动，假装没看见。

转天下午，他对奶奶说："妈，给俺扎扎背，俺痒。"奶奶奇怪，打小他也没让谁扎过呀，那就往舒坦里扎扎。奶奶指甲长，掀开线衣，露出二叔细嫩雪白的后背，抓了一下，没使劲儿，几道红凛子泛起来。二叔弓了一下背，说："你没有黑妮扎得好，你太狠了。"奶奶有点儿不高兴，就轻轻让手指爬，像一蠕一蠕的蚯蚓。二叔说："你这扎里没有母性，贱、骚。"奶奶啪地就捆了二叔一记耳光，非常响亮，二叔看见窗子里的太阳扁了，怎么也恢复不了圆形。

"放肆，不要脸，你以为你是玉皇大帝呀，你爸这辈子都没享受过姑奶奶的玉指呢！"奶奶气糊涂了。

二叔的脑子一片空白，他说："俺爸真可怜。"

"不是真可怜，是真窝囊，生了你这么个窝囊废！"奶奶的刀子嘴要剁烂一切对手的。

二叔跳下炕，去外屋一趟，背着手进来。他说："妈，你不是说玉帝吗？咱上天找玉帝评个理！"蹿上炕，一菜刀劈在奶奶右脸，皮肉还是闭合的，一条血线像化妆时还没展开的油膏。奶奶咿呀一声，像极京戏里的叫白，她的右腿有一点儿弯了，但是左腿一蹬，头朝下一个空翻，稳稳站到地上。她手指着二叔，骂道："你个弑母逆子，杀千刀的！"血涂满了脸，化妆师画坏了，惊讶地张着嘴。这时爷爷、三叔跑进屋，三叔跃上炕，把一只粘着粪渣的手套塞进二叔嘴里，然后一拳击在面门，菜刀掉在炕上，背过二叔的胳膊，膝盖一撞二叔的腿，二叔跪下了。三叔一脚把菜刀踢到地上，二叔拼命往一侧扭身子，因为他对面是奶奶，他不想面对她跪着。

几天后把二叔送到四平精神病院做检查，身上捆满电线，二叔咯咯笑，说："胳肢窝痒。"通电，加大电量，最后主治医生摇摇头。我奶紧张了，说："他没病？"主治医生又摇摇头。我奶明白了，说："这我就放心了。"医生瞅瞅我奶脸上的纱布，说："放什么心，没听过家长这么说话的。"我奶说："大夫您别误会，我是说，他不进这里，就得进公安局。"最后我奶又说："不麻烦您了，虎毒不食子，我带他回家吧。"

9

　　早晨，我从东站的那片红砖二楼走出来，过一条铁路，到108中对面等车。我坐上4路公交，路过北八道街，柴油机厂，在东盛路下车。穿过吉林大街，顺着劳动公园延伸过来的那条街向东走，走不远，就到34中了。

　　我奶不会做饭，早餐和午餐，我就在电影院附近的一家国营饭店解决。我奶早上给我七毛钱，那是从我爸每月寄的三十元生活费里分配出来的，七毛钱不光吃饭，还包括来回的交通费两毛钱。我吃两顿饭，花销不超过五毛钱。早餐是油条、豆浆。我还记得我第一次吃油条、豆浆，是我十一岁那年，我爸带我去天桥林业局看病，住招待所。早晨去餐厅吃饭，我爸弯下腰对卖饭口说："五套大果子！"我看见卖饭口的阿姨，一套一套夹在盘子里。套，好像是说衣服，不，是说裤子，两根粘一起，鼓鼓的，像兜进风的两条裤腿。午餐我一般吃两个或者三个馒头，一盘青椒炒猪肺。其实应该叫猪肺炒青椒，因为猪肺居多，青椒只有寥寥几丝。重要的是这道菜不仅好吃，还便宜，五分钱一盘！

　　我午餐吃过后回学校，在东盛十字路口我站住了，我不想往南走，往南走会路过八商店，八商店门口，我姑和我三叔，坐那里，修鞋。我就往东走一段，从民丰二条回学校。

我姑听从我奶的召唤，和老家的郭维豆离婚，带着女儿郭苦荞跑出来了。一个唱样板戏的，屈下腰身，相看起脚板上的破鞋。对于三叔来说，修鞋是进步了，鞋再臭，也臭不过茅坑里的大粪呀。但是姐弟俩都憋着，收钱时脸还有点儿红。最初是老家一个叫小赵的，把姐弟俩带人这个行当的。他说："你别看三块两块的不起眼，干起来就舍不下了。"我奶有一天来到八商店门口，姐弟俩低着头，咔噔咔噔地跑着鞋，没看见她。别人付钱的时候，姐弟俩从裤兜抠扯找零，找好了，把钱再塞进裤兜。再瞧人家小赵，口袋就缝在胸前的围裙上，抓进抓出的，麻溜利索，眼角的余光还溜着过往行人的鞋子。我奶晚上回家就要往两个人的围裙上缝口袋。姑不让缝，说怕小赵笑话，三叔也不让缝，说："你针脚比心眼还宽，展览出去，不想让俺说媳妇了。"

我不敢从八商店那边走，开始是难为情，怕同学看见，说你姑你叔原来是掌破鞋的呀。后来是怕姑有负担，看我去了，她会以为我是不是没有钱了。我姑问有没有钱了，不是直接问，她说："难受了？"我不懂，以为问我是不是想家了，就摇头。她说："还嘴硬，一点儿不像你奶！"就笑，就摸口袋，三块五块地给我，我不要，她说："路口那边有个书店，去买本书看也好。"

我可能天生就是一个喜欢书的孩子，我九岁刚上学的时候，学校发书，我把那些书拿回家，用一种叫作钢纸的纸张妥妥帖帖地包好，然后板板正正放书包里。学期结束，我的书差不多还像新书一样新。小学三年级的时候，我爸从邮局给我订了一本《儿童文学》，那不仅仅是我个人，也几乎是整个学校唯一的一本课外读物。现在我走进东盛路这家新华书店，就像我第一次走进张店的供销社。我站在柜台前，眼皮矜持地垂着，生怕有人突然问我，你买哪一本？我的担心是多余的，根本没人注意我，我的眼光自然起来。我看到一本书，银灰色封面，一支玫瑰小心地开放着，《中国新诗100首》。这本书一块多点儿，我当时毫不犹豫就买下了。我至今还清清楚楚记得这本书的气味，就是书页里油墨的气味。后来我经常听人们说到书香这个词，我以为这个词活在20世纪80年代的书籍中，那之后再也嗅不到这种气味了，我不知道这是印刷术的进步，还是人类器官的退化。

东盛路十字路口东南，有一家副食店，一天放学，从那里经过，无意中看见，副食店的窗口，挂着一环一环的红肠。那是哈尔滨红肠。我当时尽量封闭着嗅觉的通道，但是红肠的气息太执拗了。我有点儿挪不动步子了，一摸兜，兜里仅有坐回程公交的一毛钱。那天我是步行回家的，攒下了这一毛钱。第二天，我早早地就从奶奶家出来，没吃早餐，又步行到了学校。中午的时候，我再次来到东盛副食，站在那些悬挂的红肠下边，手里的八毛钱已经汗湿。卖红肠的阿姨给我切下一段，用纸包上，递给我。我仿佛置身于童年时的供销社里。我尝试着咬了一点儿，然后几口就吞下去了。吃完，我想起范道平说的噎嗓子，可是那个感觉，怎么也找不到了。

那天放学走得特有劲儿，东盛路，柴油机厂，北八道街，东站。上楼时我居然吹起口哨。二叔在二楼的走廊用一枚大钉子，在墙上刻画着。

我奶家隔壁，是个接近八十岁的老太太，她的房门总是开着，屋里烟气缭绕。透过迷蒙的阳光，你会看见一杆烟袋管架在她的嘴上，像冬天的烟囱。老太太有个孙子，叫大刚，住在楼下。大刚宽宽的眼睑，眼睛失神，走路一耸一耸，好像踩在弹簧上。我放学早的时候，有时我奶不在家，我就伏在床上写作业。有一次，一回头，发现二叔站在身后，笑。我用山东话问："叔你笑甚？"二叔看着我，看了好一会儿，说："你说大霞好不好看？"我知道大霞是大刚的姐，白脸，头发梳理成古代女子的样子。我说："她有点儿像仕女。梳洗罢，独倚望江楼。过尽千帆皆不是，斜晖脉脉水悠悠，肠断白蘋洲。"我把从课外书上看到的一首古词背给二叔。二叔的眼睛闪出一道晶亮的光，只是一瞬间，就寂灭了。二叔说："仕女？侍女嘛——你说大霞痒不？"二叔咯咯笑起来，突然收住，狠狠瞪着我，说："你随谁呢，净背些骚词！"我看见二叔一副凶相，有点儿怕，就溜到走廊。那个烟雾中的老太太冲我招手，恰好大刚也进了走廊，他说："你二叔会杀人的，上我奶家吧。"

我和大刚坐在他奶家屋子的炕沿上，大刚打量着我，老太太不说话，把烟笸箩推到我面前。我说："董奶，我不会。"大刚说："我给你卷。"很麻利就卷好了，递给我。我接过，划一根火柴，点着，吸了一口，辣，咳嗽起来，泪水噙满眼圈。大刚瞅我，乐。老太太说话了，她说："开始都是这样，苦、辣，一定时候，就甜，晕了。"一定时候是什么时候，我觉得老太太的话有意思，慢慢咀嚼着，没问她。

　　我的思维，还一直是一个乡村少年的思维，比如，我一直把东盛电影院，想象成张店的供销社。后来一想，不对，供销社是卖给嘴巴的，而电影院是卖给眼睛的。乡村的嘴巴馋，城市的眼睛馋。城里人不仅眼睛馋，还眼睛饿，我看见他们从电影院出来后，瞳孔闪着狼一样的绿光。电影院里没有肉。那天我意外看见我班的张宏和段雅丽，从电影院出来，嘴唇焦干，牵着手，步履飞快地走了。他俩在搞对象。张宏有一本《少女之心》，听说是一本黄书，黄得不得了。他俩肯定是找地方实践书里的内容去了，加以电影的诱导和催化，他俩现在可能已经躺在床上了。这是什么电影呢？这么教唆。我除了看见张宏和段雅丽急不可耐，还看见一对中年男女，勾肩搭背，男子的一只手不要脸地伸进女子胸衣。这时我看见我班的尚兰波从卖票口挤出来！尚兰波是个丰满的女生，长得非常白，两条细辫子吊在脖颈，我把她看作我们班最漂亮的女生——她也买了票，这是什么电影？最让我惊讶的是我还看见了我们班的冯彬和曹东慧。曹东慧是羞涩女生，动辄脸红。冯彬呢，绰号冯马列，因为他爱看哲学书，总是穿一身褪色的军装，架一副秀琅眼镜。我看见他俩肩并肩走进电影院。

我快步走向八商店，站在姑跟前，我说："姑，我要看电影。"我姑正忙着，顺手就给了我五块钱，我也没道谢，转身快步离开。我先买了两块冰砖，又跑到售票口买了票，匆匆进了电影院。刚开演，银幕上推出电影名字：《华丽的家族》，日本片。我四处张望，我在找尚兰波，我想把一块冰砖给她，电影院那么热，她又那么丰满，一会儿就会流汗的，我想让她舒服、凉快着看。可是我找不到她，只好自己享用了。冰砖真是太好吃了，这差不多是我第一次吃冰砖。吃过冰砖后，更渴了，嘴里黏，银幕上"爱情"的烈焰，燎着我的嗓子，鼻孔焦干，出气火辣辣的。我小心谛听，仿佛听见电影院一片咚咚的心跳。尚兰波的嘴肯定张开了，曹东慧的脸肯定炙烤着冯彬，冯彬肯定下意识地解开了领扣。

万俵大介这个老流氓，一张疙瘩脸，等在床上。女秘书围着浴巾从浴室走出来，一副愁容，她愁什么呢？嫌那家伙太老太丑吗？可是她还是不要脸地上了床。电影院一片静默，瓜子声没了，观众都张着嘴。不知怎么的，我奇怪地想起郎建平的妈，在盛夏的苞米楼子，高高地翘着屁股。女秘书钻进被窝，电影里灯光暗下来，万俵大介翻到她的身上。镜头转换。瓜子声重又毕毕剥剥响起。尚兰波呢？曹东慧呢？张宏和段雅丽躲藏到什么地方去了？

　　灯光打开，电影散了，我的脑子乱哄哄的。赶紧离开这里，不能让同学在电影院看到我！我逃出来，我看见61路无轨电车，小辫子吊着，在东盛十字路口晃晃荡荡经过。人们忙碌着回家，回家吃饭，吃过饭上床，像万俵大介一样，把一个女人压在身下。这时我的脑子里是尚兰波苍白的脸，是郎建平妈高高翘着的屁股，最后转换成女秘书哀怨的眼神。4路车过来了，我好像没看着，我朝电影院对面的厕所走过去。厕所里只有我一个人，书包垂在屁股上，我能看见马路上走动的人，都是头发披肩，腰肢款动的女人。我不要你们，我要不正经的女人。不正经也不好，我要假正经的女人。尚兰波太纯洁了，不行，我的手指告诉我的。

　　我决定步行回家，身体已经没有烧灼感了，但是我需要肢体的摆动，保证脑子里的钟表指针，不至于卡在那尴尬的一刻。我走得挺慢，到东站，天黑下来了。应该是晚饭时间。我上楼，奶奶家空着，我从二楼探头往下瞅，看见大刚家那边站着一个人，手扒窗子往里张望，是二叔。过了一会儿，大霞走出来，二叔正了正军帽，感觉好像在瞅大霞笑，因为我听见大霞说话了。"吃饭了吗，二哥？"楼下再没有其他人，她显然是称呼二叔。二叔说："俺没饭吃——俺爸死咧，俺姥也跟着去了，不在床下挤了——这回俺家有地方了。"大霞甚至伸出手，似乎想摸摸二叔的脸，安慰一下他。手画了一个圈，又放腰上。说肚子疼，就朝厕所跑去。我走进屋，拉开二床的帘子，爷没了；一床墙根的那个会自己挪动的骨灰盒，也没了。爷可能是死了，可是奶奶的妈死过了，她到哪里去了呢？这时大霞和二叔走进来，大霞看见我的一刹那，手从腹部抽出来，说："二哥，你侄子啊，听大刚说他会裹——大霞停了一下，脸一绷，旱烟。"二叔说："会裹个屁！"瞪我一眼。大霞从她的古代头发里瞭瞭我，转身走出去。她有一个表情丰富的屁股。

我以为我姑会嫁给山东小赵，没想到她嫁给了王宝臣。王宝臣是纯粹的东北人，也干修鞋这行，手艺糙，就爱钉掌，简单，实惠。他也有优点，能唱两口，可不是京戏，是土了巴叽的二人转。但是能嘚瑟，尤其唱的时候，眼珠蹿来蹿去，像要从眼眶溜出来，滚到我姑的衣襟上。我姑就哈哈笑，觉得有意思。王宝臣还有个特点，不是光逗人笑，他动不动就眼泪汪汪，我姑冻了的心窝就开化了。"风月，今生是谈不上了，风情总是要有的，不然，活个甚意思！妈不同意，这老太太，戏份太高了，可是俺坐在这街边的小板凳上，坐久了站起来捏捏腰，就算亮相了。"

爷爷死后，奶奶的老妈的魂位也请走了，我几乎没看出奶奶怎么悲伤，她只是陷入沉默，对着镜子发呆。几天后她化妆，居然化得很艳，还买来吹风机，头发在嗡嗡的声响中蓬松起来。我放学回家，她冲我嫣然笑着，我还以为大霞坐在那里。唱片又悠然地转起来，可是机针总是从凹槽跳出来，可能时间久不听，受潮了。我帮奶奶把留声机搬到窗前，奶奶推开窗子，阴郁的晚风夹杂着雨意吹进来，不一会儿，雨下起来，奶奶关上窗子。怪不得腿疼，一下雨就丝丝拉拉疼。奶奶歪在床上，几分钟后我居然看见她的嘴角淌下涎水。这时我无意中发现爷爷的床位伸出一只脚，吓了我一跳，紧接着鼾声从二床升起，围着的布帘轻轻拂动，是二叔。一道闪电，趁雨还不大，我想先去一趟厕所，解决干净了好睡觉。我摸黑下楼，走廊漆黑，要走出一楼门洞时，胳膊被人拉住。一股强烈的说不上什么花的香气扑撞着面颊。这只手把我拉进大刚家走廊，大刚家的门开了，透过灯光我看见线条清晰的两瓣屁股。大刚家居然也是白炽灯，最多四十瓦。她把我按在红漆地板上的一只沙发里，她自己蹲在我的膝盖前，小声说："都看电影去了，最快也得两个小时。"我说："姐，不，婶，我想上厕所。"她说："婶什么，我叫你二叔哥，是哄他玩，我才二十——走，我带你上洗澡间。"我忸怩着。她三下两下就扯光了我，我们共同看见了一条蛇贴在我的肚皮上。她牵着我进了浴室，一抬手，龙头里的水喷溅下来。她搂住我，衣服也没脱，一会儿就被水淋透了，两只奶子翘着。她按下我的头，掀开上衣，没戴乳罩，白奶细细，像剥了皮的香蕉。乳晕淡红，像脱瓣。她说："裹。"我舔了一下，她像过电，我吮吸起来，她身子扭动，手在下边抓住我。她开始脱裤子，屁股浑圆，卷曲的阴毛滴着水。她摘下笼头，蹲下，冲洗我。然后拉着我进了客厅，水龙头还唰唰地响着。她突然跳起来，走进浴室，关掉水龙头，提溜着裤子走出来，忽然从裤兜掏出了一袋避孕套。她说："戴上安全帽，子弹打不透。"我仿佛看见高高翘着屁股的郎建平的妈。这时我问："姐，有糖吗？"她说："有红糖，姐现在还用不上。"我试着前进，走到一半，好像有一只小手往外推我。我觉得像进了火焰山，大霞那里面烫人。

外面大雨像从二楼往下倒水，我上楼回家，二叔鼾声如雷。

第四章

满洲山菜野果图谱

1

　　我是在初中二年级的时候，和冯彬交上朋友的。他那时已经在读泰戈尔，还有那个长髯老头的中国崇拜者，脸如冯彬一般苍白的徐志摩。记得他给我朗诵泰戈尔的诗："夏日的鸟在窗前叫着，又飞走了。"他也喜欢徐志摩，其实他喜欢的是不胜娇羞的水莲花，喜欢的是柔波里招摇的水草。我对他说："水莲花就是曹东慧；柔波——哎，冯彬，我们去南湖游泳吧。"冯彬是江苏淮阴人，他对我说："你们东北人是旱鸭子，就会狗刨。"一个万里晴空的下午，我俩坐62路无轨电车来到南湖。冯彬换好游泳裤，在岸上扭胯摇肩，我坐在沙滩上，穿着衣服瞅他笑。他下了水，先蛙泳几下，接着自由泳，一会儿就在百米开外了，冲我扬起一只手，自顾自朝湖心深处游去。我脱了衣服，我没有泳裤，裤衩有点儿肥，可是我要让冯彬看看，我是不是旱鸭子。我快速朝冯彬游去。其间我不时扎猛子，在水下使我想起达瓦拉，鼻子有点儿酸，眼睛有点儿胀，但是肚子里上升着一股气流，我好像不是向前追赶冯彬，而是游回了遥远的童年。我们并列在一起的时候，冯彬吃了一惊，问："你坐船来的？"我冲他挤鼻子弄眼儿，潜进水，半天露出头来，像一只水鸟。他说："难得你是水鸭子，我错了——不过你游得太快了，悠着点儿，当心抽筋。"我说："我是两个人游，怎么不快？"冯彬愣了愣，没听懂。

初中毕业后我要回张店了，高中不能在省城上了，因为没有当地户口，高考时还得回去。回家时大霞到火车站送我，她在汽车厂上班了，给我买了一件衬衫，上面印着老虎，非常时髦。我很高兴，像一只即将放归山林的老虎。大霞问我，听说虎蹽子很厉害，等你长成了，来找我。这时冯彬跑来了，送我一本《莎士比亚十四行诗集》。他身后跟着曹东慧。我第一次发现这个女同学有点儿S腿，她不像以前那样低着头，红着脸，甚至朝大霞大方得体地笑了笑。大霞伏我耳朵上说，一看就开过苞了，假正经。火车鸣笛即将启动，大霞飞快地亲了我一下。曹东慧依然平视着。冯彬挥了挥衣袖，像徐志摩。

我坐火车，在图们换车。换车间歇，我来到小小的站前广场，看到图们江对面，灰色的朝鲜镇子。我本该在天桥下

车，住一宿，第二天一早坐小火车回张店。但是为了当天就能
到家，火车经过汪清时，我就下车了。我记得刘配贤骑着自行
车就从张店骑到了汪清，而且带着孙丽萍呢。我没太费劲儿
上了汪清到罗子沟的大巴。当大巴车经过一个叫影壁的村子
时，我的心一紧，这不是达瓦拉住的地方吗？这时我看见公路
边的稻田，稻穗在风里摇晃。我不是想尽早回家，在我潜意识
里，是想尽早见到达瓦拉。

　　大巴在溜那个八里地的下坡时，我甚至看见多年前，被
我妈视为黑熊的那个遥远的树桩。路边的沟壑，树丛后边，有
那么多弯着腰的人影，背着椴树皮背筐，不声不语地采撷。大
巴经过，树丛里的人好像没看着，依旧埋着头，好生奇怪。以
前可不是这样，以前坡上来了大巴，一定要张望一番。现在这
些沟塘子里的人，突然正经起来，好生奇怪。

　　大巴在马道口停下，我下车，不远处的小火车道反射着
下午的阳光。我看见人们背着背筐走进供销社的院子。一个女
孩儿，肤色像核桃楸子树，看起来她的背筐很沉，牵着个断手
的小孩儿。

　　"刘革！"我喊了一声。

　　回头，皮肤比以前黑多了，牙齿白白的。"哎呀，翔子
回来了！"刘革的脸略微红一下。

　　"干什么呢？"

　　"卖蕨菜，哎呀，疯了。"

　　我望了一眼供销社的院子，看见一辆卡车，是解放军拉练的那种绿篷卡车。

　　刘革说："李长训你知道吧？就是以前在大河洗澡，让你们排成队，用柳条抽你们屁股的那个李长训。"

　　"知道，怎么了？"我问。

　　"他不过是个二老板——老板是谁，你猜猜？"

　　我摇头。

　　"达瓦拉！"

　　我到家把大霞给我的那件印着华丽老虎的衬衫藏进了被架底层。

　　同学中，除了刘革，谁也不知道我回来了。我眯在家里复习，准备考高中。下午，村庄静悄悄的，我知道所有人都上山采蕨菜去了，我把凳子放在向日葵下面看书。我能听到小馊姥爷冷不丁的咳嗽声，而小馊，听我妈说，住在二股流的山上，采山菜卖了好些钱。刘革在下午说不上什么时候，会把她的手伸进我家园子的障子，送给我采蕨菜时顺便捋的野果。有一回她扛来两枝臭李子，熟透了，甜里隐着一点儿涩，是我吃过的最有回味的野果。她从障子外面对我说："翔子，臭李子要是经了霜，没治得（读děi）了——可是赶不上下霜，你就走了。"我说："天桥，不远，又不是省城。"刘革就红着眼圈，背着背筐走开。

　　得，我想起达瓦拉。她在哪儿呢？

听刘革说，我们班大部分同学，每天一早，就三三两两钻林子去了。男生只有徐书东在家看书，女生嘛，朱汉云好像没有丢下书本，不过她背着背筐，咬着干粮，在山路上捧着书看。范道平和王模特最厉害了，总是最先下山。他俩吹嘘说，知道蕨菜的窝子，怕它们老了，不过是挑壮的，间一间。也难怪人家吹，那蕨菜，又肥又嫩，根上墩着腐殖土，用皮筋一捆一捆扎着。李长训都不选，在一等的格里画个钩，就在皮兜里查钱。

闵喜喜呢？

在供销社后院帮忙。闵喜喜灵巧，上蹿下跳，把李长训伺候得愉着——翔子，你可别瞧不起闵喜喜，他现在可是个有故事的人。

怎么了？

闵喜喜往木桶里摆一层蕨菜，撒一层大粒盐，他说："人家日本人就是厉害，照这样，蕨菜到了日本，像刚从张店的南山坡采下来。日本人知道咱们张店。他们知道南山的蕨菜，从蕨菜的颜色看，他们就能分辨出长在南山的哪一片——他们还知道黄沟岭的刺老芽。奇怪吧？日本原来在张店驻扎，牛棚西边的火锯厂，场部对面河边的炮楼，不都是那时建的吗？"还有，我听李长训说，日本撤退时，绘了一张《满洲山菜野果图谱》，在一个大佐的老婆手里。那张地图，张店画得纤毫毕现。有一页画着野菜鸭子嘴，背景虽然模糊，可是知情人一看，就是场部对面河边的炮楼。

我听着，不像闵喜喜瞎编。李长训直眉愣眼，胡子拉碴，也不像编故事的人。

2

考高中的成绩发布了，红榜贴场部墙上一张，供销社墙上一张。天桥高中录取名单，有我，徐书东，张贵身。汪清高中录取名单，有闵喜喜，朱汉云，于春青。

那天晚上，我和徐书东、范道平、王模特、闵喜喜，在小火车道漫步。路旁野玫瑰，散发奇香。范道平剃了头，脑袋显得特别小，他站在小火车道的铁轨上，张着手，快要掉下来时，突然扶住我的肩膀。我说："别总悬着——家这边有你和模特，踏实。"

刘革过来了，用屁股拱了一下范道平，我们哈哈笑起来。

天桥，那是我们林场林业子弟向往的地方！

我的关于天桥最初的记忆，在我九岁，也就是小学一年级那一年。作为文艺骨干，我被子弟学校选中，参加林业局的文艺会演。距离会演开始差不多一个月前，我们在班级排练。我们班当时预备了三个节目，一个是大合唱（兼诗朗诵），一个是女生舞蹈，一个是独唱。那段时间每天放学后，我们在班级摆好两排凳子，参加合唱的同学分大小个儿站好，然后开始排练。我们合唱的曲目是毛主席诗词以及歌颂毛主席的诗篇，我和任少敏担任诗朗诵。任少敏个子矮，我站在地上，他站在后排的凳子上，比我也高不了多少。但是，任少敏一张口朗诵，就看不出他是小个子了。我站在高山之巅，望黄河滚滚，奔向东南……我感觉滔滔黄河从我头顶奔腾而下。我的朗诵当然也是声情并茂，朗诵完我还要领唱，而任少敏没有领唱任务，他没什么事了，就喊喊喳喳说话。这分散了我的注意力。有一回朗诵到中途，突然忘词了，任少敏带头笑。我当时脸红了，以我的任性，真想好好整治他，可还是忍了。后来我嗓子哑了，几乎不能发声，我建议马小辫换人。马小辫说："朗诵可以换一条嗓子，但是感情换不得，你太有感情了——这样，你吹吧。""怎么吹？"我问。"吹口哨呀！"马小辫示范似的努起嘴。这样，当我领唱的时候，就用口哨代替，还真是别具情调哩！

最后校长带着几个人审查节目，我班的节目都没过。本来独唱是可以过的，但是朴玉仙唱的是《卖花姑娘》，有点儿跟不上形势。她为什么不唱《延边人民热爱毛主席》《红太阳照边疆》呢！郭校长很失望，我看见班主任马小辫快要哭了。我说："郭校长，我唱一个，你看行不行？"一干人等重新坐下。音乐老师张秀门要踩风琴伴奏。我问："有二胡吗？"张秀门说："有是有，不知道谁会拉？"这时陈皮老师走过来，说："阿拉试试。"陈皮是上海知青。

我们肖家的骨血里是有一点儿京剧基因的，谁也没教过我，陈皮过门一走，我的嗓子顺其自然拔上去。《智取威虎山》选段，不是《穿林海》，是《我们是工农子弟兵》。郭校长带头鼓掌，说："是这，就是这（郭校长是西北人）！"我看见马小辫的眼睛里汪着泪水。

结果我的独唱在全局文艺会演中得了三等奖。

3

我是达瓦拉，七年前那场大火改变了什么，我从来没有对任何人说，包括妈妈，松玉姐姐——当然，也包括翔子。

那晚他们从供销社的值班室抬出了爸爸，我嗅到一股奇异的焦香。我看到爸爸泛黄的身体，吱啦吱啦地往下滴着油，只有脸部黑糊，露着白色的眼圈。我甚至抽了抽鼻孔，焦香进入我的胃里。我当时还没意识到爸爸已经魂飞天外，以为他只是烧伤了，人烧伤居然会这么香。三天后那个早晨，我闻到浓烈的腐臭，想吐，可是我不敢，屏住呼吸，我看见一滴一滴的黄油，从棺材板的缝隙滴到地面，一群蚂蚁迅速围过来，兴奋地舔舐着。后来我头晕目眩，昏倒在地。

以前我是吃肉的，松玉家杀狗，每次都叫上我。爸爸死后，我就再也没吃过一口肉，而且闻到就想吐。

　　当翔子把野果放进我的身体，他不知道我多么高兴，我内心细微的感受，别人是不知道的。我手臂平展，好像荒废，其实那是放心后，恣意地放手。

·　　我十五岁了，十二岁那年，身体的信号来了，就像夜空红色的信号弹。我想起供销社的货物木格，里面的卫生纸，那是近乎红色的浅粉色，它们要隐藏和淡化血迹，可是花朵更加鲜红地开放在黄昏里。现在我和翔子平等了，白色叠加红色，美丽而危险的十字花。

　　去年，达瓦拉和妈妈，坐大巴去烟集州卖大米。影壁的大米是很出名的，水好，米粒泛着青光。她们只带了两麻袋大米，在烟集州的西市场站了半个上午，竟然没人买。达瓦拉看见有人卖黑瞎子果，脱瓣，报纸卷一个小筒，倒是有妇女买给孩子。孩子从纸筒里捏着吃，吃一口，闭会儿眼，吃一口，闭会儿眼。她还看见卖蕨菜的，卖猴子腿的，也有零星的买者。这时，走过来两个男人，一个壮年，身高有一米八五，手里托着一只篮球，不时在手指上转动篮球。一个青年，跟着他。壮年在母子身边站下，放下篮球，用宽厚的手掌搓起米袋子里的大米，大米顺着指缝漏回袋子。他对青年说："是影壁大米，装车上吧。"青年说："局长，我去找人抬车上。"壮年说："找什么人。"把篮球丢给青年，哈腰，抠住麻袋，往上一翻，麻袋上了背，朝路口一辆皮卡车走去。回来，脸不变色，正要躬身背第二袋。一个发髻高高，脸色雪白的中年女子冲他弯下腰。

"你好！刘局长，初次见面，请多关照！"

刘局长掐着腰，瞅瞅天，说："你是——"

"山口信子。"

刘局长就是刘革的大哥，革命转业军人刘配贤，他现在是烟集州商业局的局长。这个操着生硬中国话的日本女人，正是李长训貌似杜撰的《满洲山菜野果图谱》的作者。李长训怎么知道历史河道里这些神秘卵石的花纹呢？原来李长训的爷爷，当年就在张店，给日本人修过炮楼。李长训的父亲和李松玉的父亲是亲兄弟，"文革"时在武斗中丧生，母亲在厕所吊死。

刘局长把大米交给身后的青年，对山口信子说："您就是《满洲山菜野果图谱》的作者？"

山口信子说："依记忆画的，不准确，请局长指教。"

山口信子看见达瓦拉，问她："不上山采山菜吗？"

达瓦拉说："也上山采，主要是蕨菜。"

刘局长见信子喜欢达瓦拉，就让达瓦拉和妈妈也参加了欢迎山口信子的招待会。那会儿烟集州还没有日本料理，刘配贤把山口信子请到烟集州服务大楼。在他的印象中，日本和朝鲜的饮食习惯是差不多的，他就用著名的烟集州冷面招待这位日本客人。其实他也可以以官方名义，在宾馆吃这顿饭，可是因为山口信子特殊的经历，觉得还是民间一点儿好。饭前，达瓦拉对刘配贤说，去西市场买一些山菜和野果吧，山口信子可能就是冲这些来的。刘配贤偏头瞅瞅达瓦拉，说："比俺妹子刘革强，她就知道肉。"

山口信子喜欢上了达瓦拉。吃饭的时候，拉达瓦拉坐在身边。因为吃的是朝鲜族冷面，达瓦拉就和山口信子细说冷面的做法。可达瓦拉的妈妈说："那个信子，瞅着咋恁别扭，可是我也说不好，别扭在哪里。"

4

事情就这么简单，信子委托刘配贤，刘配贤委托达瓦拉，一桩山菜出口生意就这样签约。有人对此提出疑问："达瓦拉还是个孩子，还不具备民事能力，法律效力约束不了她，如果出事，谁负责？"

刘配贤说："飞机出事我负不了责，刺老芽满身是刺，还能骑着它飞北海道呀！"

十五岁那年，也就是1983年，达瓦拉成为烟集州洪信进出口贸易公司经理。冷不丁从相貌上看，你根本不会相信，这是一个心智体魄尚不成熟的孩子。一般人见达瓦拉第一眼，都会被她罕有的美貌惊呆。

李长训比我大五岁，是达瓦拉的姨表兄。李长训络腮胡子，腿略弯。在烟集州这片地区，看一个人是不是朝鲜族，要看这个人的腿。膝盖略弯，必是无疑。为什么呢？小时让背带背的。朝鲜族妇女在稻田插秧，孩子就伏在母亲背上，怎么保证孩子贴在背上呢？用背带缠在身上，腿分开。时间长了，就有点儿罗圈腿了。李长训是林场的待业青年，听说达瓦拉做起了生意，不用招揽，自己就跑来了。他干这一行，那叫小菜一碟。原来上树打松塔，蹭一身松油子，现在挎个兜子，检斤过秤，那还不小意思。

5

刘配贤是个四肢发达，头脑相对简单的人，他热爱运动，也不是热爱，是不由自主地身手就痒痒起来。高中时他就喜欢打篮球，他那时身高已达一米八，别人以为他是仰仗个子高的天然优势打球。说一个人个子高，也是隐晦地说这个人无非就是个子高，含有笨的意思。刘配贤可不是那种傻大个儿，在球场上高举着手，转个身都费劲儿。刘配贤灵巧着呢，跑动飞快，腾挪闪展。他的弹跳也好，突然跃起来，眼角还扫着你，球唰地入网，网穗翻在篮圈上。

20世纪70年代中叶，整个烟集州，说起篮球，就不得不说起天桥中学，而天桥中学篮球队的中锋，正是刘配贤。烟集州这边，朝鲜族在体育方面是比较重视足球的，篮球只是在林业系统吃得开。烟集地区是水稻产区，种水稻挽着裤腿，脚踹在泥里，而且都是朝鲜族种水稻。种水稻主要靠的是脚，这就解释了为什么朝鲜族更喜欢足球，更能把足球踢得好。而汉族人呢，为什么爱打篮球呢？林业子弟，靠树生存，他们要摘下树上的松塔，就像在篮球筐上"摘篮"。由意化象，自然就延伸到篮球上了。

　　那个时候刘配贤是天桥中学篮球队的中锋，后来晋升到林业局的局队，代表全林业局出去打球。1976年，刘配贤的篮球生涯到达了巅峰。那是全州各系统的一次比赛，最后一场，冠亚军决赛。林业局对商业局。刘配贤的个头那时还没有完全长成，一米八几，对于篮球来说，不能算是大个儿。刘配贤平时练习摸高，也从来没有抓住过篮筐，可是那天，他觉得大地往上拱他，脚好像踩在弹簧上。开场训练，他轻轻跳起，手已经超过篮圈，这是以前没有的事。他会扣篮，但是从来没有扣进去过，因为高度不够。现在他知道自己行了，大地微微地抖着，他也因为激动微微发抖。刘配贤在开场练习时一直没有扣篮，以致有一会儿他起了怀疑，是不是错觉，我发烧了吗？他把手掌悄悄横在额头，不热。

　　开场的哨子响了，他跑到和篮筐平行的最下角，前锋突破上篮，被对方封堵，把球分给了站在底线的刘配贤。刘配贤本来想往前冲一冲，结果他原地拔起，来了一个边角发放。他只用了八分力，起跳的时候他甚至觉得这个球不适合远投。球在篮圈上刷了一圈，好像做饭前看看锅是否干净。球刷了一圈后，在篮圈上停了一下，然后入网。场下哄地一片叫好。刘配贤镇静了一下，告诉自己，千万不要再犹豫，该出手时，果断出手。

比分交替上升，刘配贤在寻找机会，来了。

刘配贤在篮筐下抢到球，对方三个人夹他，手脚带着小动作。刘配贤貌似突围分球，却高高地蹿起来，背扣！球轰然入网，篮筐震颤着。

全场蓦然。这么多年了，大家还没有如此真切地看到过如此精彩的扣篮。

全场起立鼓掌。刘配贤的脸，有点儿红，只是一刹那，由红变白。他觉得大地像一摞纸张，在错动，一个崭新的页码上，写着陌生的类似甲骨文的文字。他感觉地表在扭曲、起皱，像摊煎饼鏊子过热，玉米糊糊一时难以妥帖。大地好似一面疯狂震颤的节日大鼓。

广播喇叭突然高叫："请大家撤离到空旷地带，请大家快速撤离到没有建筑物的安全地带！"

…………

这是1976年春夏之交的那场地震。后来烟集人民独创了一条歇后语，叫，刘配贤扣篮——地震。

6

山口信子所绘的《满洲山菜野果图谱》，从绘画的角度去看，其中不乏精彩的册页，但是它更像一张地图，上面标示着精确的比例尺。达瓦拉后来告诉我，她不喜欢那张图，主要是不喜欢图上刺目的标识。她说，一个地方，印象再深刻，放在心里就好，这叫回忆。回忆的巢穴需要模糊地搭建，有时甚至需要偏差。不过山口信子的图谱表现了日本人的精致，还不仅仅是表面的精确和细致，是普通事物里蕴含的时光的幽微感伤。

原件已经不在了，现在我凭记忆，做片断展示，希望它最大限度地接近原貌。

刺老芽。满洲书籍记为刺嫩芽。我在满洲民间，从未听过有人称它刺嫩芽。树生高山峻岭，树上有尖刺，其嫩芽可食。嫩芽一老，就变成树枝了。何以尽称刺老芽？满洲人怎么称呼自己最小的孩子？曰，老小子，老丫头。老即小，嫩也。刺嫩芽称刺老芽，昵称。炒肉，炒鸡蛋，生食蘸酱，满洲第一山菜。

蕨菜。满洲最珍贵山菜之一。还有两种状似蕨菜的物种，猴子腿，广东菜。蕨菜采撷时易老，应即采即粘上腐殖土，阻断水分流失。蕨菜宜晒干后食用，炒肉，拌凉菜，蘸酱俱佳。

小叶芹，老山芹。一长水边，一长山上。前者凉拌，后者包馅。这里的包馅是指包包子，不是饺子。猪肉老山芹包子，东北人（她在这里没有称满洲）最爱。

猫爪子。此山菜样貌，极似猫之脚爪。水焯，蘸酱，甚爽。

…………

山口信子所叙山菜达百种之多，她的记录不是学术性质，随意，随性，自然如同一个居家妇女拉家常。

比如她写道：苦菜，曲麻菜，刺菜。苦菜多生于路边，开黄花，又叫婆婆丁，学名蒲公英。苦菜解心火，小伞能飞天。

曲麻菜，刺菜，生于地头，满洲孩子采来喂猪。这个国家的人，喜食猪肉，不过他们的猪喂食天然，长势缓慢。其实他们不知道缓慢长成的健康因素，要不要告诉他们个中的奥秘？

苋菜，灰菜。苋菜也是地头野菜，包馅虽没有老山芹鲜，但佐以花生，粉条，是素食中的上品。灰菜少有人吃，听说治疗水肿有奇效。

还有一些小野菜，比如鸭子嘴，鸡肠子，我们建炮楼的嘎呀河边就有，做汤，吃饭醒酒，名不见经传，别有滋味。

…………

现在来看看山口信子的野果。

黑瞎子果，熊的果，小火车道边的草甸子的紫色浆果，挂着一层轻霜似的白醭！黑瞎子，熊，是林中之王，黑瞎子果是野果之王。有一回我看见一头熊躺在野果丛中，一条黑黑的舌头挂着涎水，瘫在嘴边。它显然是吃黑瞎子果吃多了，吃醉了。

我丈夫战死在满洲，死时对我说，信子，给我吃几粒黑瞎子果。

黑瞎子果不是蓝莓。

高中以后，在对文学作品的持续阅读中，我发现了小兴安岭（北极村）作家迟子建。迟子建并不是我阅读倾向中的那类作家，但是她作品的山野气息打动了我。迟子建显然是迄今为止，描写北方野果描写得最贴近的作家。她好像也写过黑瞎子果，记得她把这种野果叫越橘（都柿），我觉得无论从听觉还是视觉，越橘都不足以传达此果的神韵。我现在还不确定迟子建小说中叙述的越橘是不是就是黑瞎子果。这种扁长的紫色浆果多像熊的眼睛啊，而且熊喜欢吃它，多贴切啊！而越橘多南方啊！

还有臭李子，这应该是北方山野著名的野果，让我惊讶并引以为憾的是，山口信子的笔记里居然没有它，这不能不说是一个重大疏漏。如果我的记忆无误，迟子建作品中写过它，她叫作稠李子。我想迟子建在小兴安岭林区生活过，她在童年时一定采过这种野果，我对此毫不怀疑。我也采过，吃过，我经常对迟子建抱有惺惺相惜的感觉。臭李子成熟时呈黑色，有核，吐核食之，尚甜。口急小儿，带着核，嘎巴嘎巴嚼食，一会儿舌头上挂着一层涩涩的渣滓。臭李子（带核）吃多了，干燥便秘，盖非此果本能。其实在霜降后吃臭李子，舌头躲开核，抿——甜、酸，滋味不可言说！我想向迟子建说的是，臭李子是不是本来就是原名，稠李子是雅，好听，有特色吗？看来这个臭不是噱头，再说，山野之人也不懂噱头啊。

脱瓣。着过山火的山岗，易生此果。枝上有尖刺。脱瓣一小粒一小粒地抱成一个果。脱瓣爽甜，但不够绵长。

狗枣子。外观似家枣，中有黑色籽粒，甜腻，极美。

山花椒，即五味子。满洲山民用背筐采之，晒仓房上，药材。小孩亦有当葡萄食之，酸得龇着小牙。

山丁子，就是糖李子，核多，不过皮肉还厚。有一种叫面兜的，皮肉精薄，核多无法食。

松子。红松树上的塔子。松塔埋在灶台的火炭下面，烧熟，用脚一碾，松子脱落，冒着热气。以牙嗑开，嚼那籽粒，嘴角挂着白浆，天，真香啊！

榛子。长一人高的灌木上，包着皮，皮毛扎手。薄皮的榛子好吃，炒熟更香。厚皮的，叫作笨榛子的，没有吃过。我嗑不动它。

坚果类的，还有橡子，人不食，采来喂猪。

…………

我只撷取了《满洲山菜野果图谱》的十分之二三，是一些常见的我感兴趣的。这本自制的小册子，还有一个油彩封面，画着一头躺倒（醉倒）的黑熊，旁边是丢弃的枝条，枝条上有紫色浆果。

不知信子为什么用此图做封面？画面不祥的暗示成分，恐怕是信子始料未及的吧。

7

我1986年夏天参加高考，高考落榜，本来想复读，来年再考一次。县电大有个财税专业，二年制，是省税务局委托开办的，毕业可以干税务工作。我的成绩够了，如果复读，来年未见得考上更好的学校。

我们这个班三十名同学，朝鲜族和汉族各半。没有宿舍，由学校协调，我住值班室。

值班室烧炕的是个朝鲜族男人，小个子，小眼睛，走路风风火火的。他的饭盒四分之三白米饭，四分之一辣白菜。不喝酒。爱笑，有时吃着饭，突然就笑了，要喝几口凉水，把笑压下去。

我那时脸上开始起疙瘩，可能是青春期分泌失调。双眉间隆起一个包，像鹅。班长金日说："你这是憋的。"我想起小学班主任马小辫，有点儿同情她了。金日有一天就把一本香港的《龙虎豹》，拿进了电教室，班级男生在桌子下面传看。我当时关注的不是女性私处的特写画面，而是一页画着如何称量女性乳房的。那些乳房贴置秤盘，尤其是一只尖尖的香蕉状的乳房，让我想起奶奶家的邻居大霞。金日的性教育意犹未尽，四月的一天，他把几个男生领到他家，进行了富于电大特色的音像观摩。

那是我第一次看关于性方面的录像带，未经翻译，法语原版。我们坐在金日家的炕上，炕有点儿凉，金日给我们找了几个坐垫，坐垫轻盈，里面是鸡毛。我们看了一会儿，就有人把屁股下面的坐垫放在盘着的腿上，双手抚着坐垫。坐垫这会儿已经成了一张遮羞布。过一会儿，手出汗，松开了，坐垫兀自顶起来，好像下面有一个使它升高的螺旋。金日偷偷笑。

我是一个对花朵极为敏感的人。上高中时，每周日要回家。早晨，坐上森林小火车，小火车晃晃荡荡，要到中午才到家。我除了看堆在空中呆呆发愣的云，就是看河边的野玫瑰花，还有原野上的野百合花。野玫瑰的花骨朵最值得看，像初恋少女的羞涩的唇。野百合的花蕊里有一些黑芝麻似的斑点，那是疯狂爱情留下的甜蜜伤害。河水里有露一截小腿洗衣的少女，还有裤腿挽到腿根洗被单的少妇。

五月我从天桥返回电大，那是一个暖风吹拂的中午，一路的山冈上都是映山红，阳光慵懒，我伏在茶桌上，感觉花瓣扫着我的脸。有人轻轻拍我的脸，我以为是乘客，并不睁眼，只是往里挪了挪。后来觉得不对，找座位拍拍肩就行，怎么还拍脸，有点儿放肆了吧？抬起头一看，一位老阿迈坐我身边，身板佝偻，也就没在意，又伏茶桌上。过了一会儿，有人搔我的背，我吓一跳，站起来。我后背的座位上，一个人冲我笑，跳跃的阳光在眼帘闪动，嘴角撇着，为了不把自己的激动表情呈现给我，头扭向车窗外。

达瓦拉。

火车到了我的学校所在地汪清，我们没有下车，我和达瓦拉站在车厢连接处，她的头歪在我肩上，我们好像一对即将亡命天涯的囚徒。

在终点之前的一个小站，达瓦拉拽拽我，说："我们在这里下吧，你看那山。"

山冈花团锦簇，太鲜艳了，反而像盛大节日的面具。

小村几家草屋，院子木障子低矮歪斜，门松松垮垮敞着。达瓦拉喊两声，没人。一只狗趴在院中晒太阳，抬头支棱起耳朵，弓背伸了伸腰，又趴下了。遥远的田畴恍惚有一二人影。这间有狗的草屋后边，两山夹一沟，沟畔映山红开得正旺，一条极窄的溪水丁丁零零地流着。就顺着溪水往上走，林木渐密，溪水一会儿没了影子。达瓦拉陷在一堆落叶里，她伸出手，等着我去拉她。我抓住她的手，那么凉，这时一道阳光，从风拂动的树叶间射下来，照在达瓦拉脸上，她的眼睛被晃得眯起来。我松开她的手，她呀了一声，坐进落叶里。我俯下身，说："你是老抱子，找到窝了，要下蛋孵小鸡。"

我们滚在落叶里。

"你了不起了。"我说。

"怎么了？"她问。

"有奶子了。"

她嘴一嘟，把我的头按在上面。

不很大，但是饱满，乳晕浅淡，乳头像没长好的草莓，有点儿青愣。我先吮一只，她的身体一哆嗦。我又吮另一只，她的身体拱起来。我把两只乳房往一起挤，舔几下这只，又舔几下那只。达瓦拉的两条胳膊已经不是荒废着平展，它们在空中有如急于进攻又找不到实处的飘舞的蛇。

我脱下她的裤子。

真了不起。

蛇缠住我的脖子。蛇信子伸进我的嘴里。

她的手热了，一层细汗。

我的眼镜蛇一直昂着头。那堆落叶被我们一次一次夷平，露出黑土和短促的青草。

8

山口信子患上重度忧郁症，终止了和洪信公司的贸易合作。我这次路遇达瓦拉，是达瓦拉正要去韩国。韩国那边相对好做些，至少在语言沟通上没障碍。信子其实最初的心境并不在生意上，不过是填补内心的虚空。她身体里有一个篮子，她要把这个篮子装满，不啻是山菜野果。山菜野果，不过是枯萎胸衣上的悲伤图案。

第五章

误杀

1

那天我和吕瑟约好，去张店。吕瑟在公司楼下等我，坐在一辆公安牌照的桑塔纳车上。韦德罗蹲后座上，乖乖的。他拧钥匙启动，摇着方向盘，一副老司机的娴熟样。

森林小火车的轨道拆除了，现在运木头已经改成汽运。我们不断遇到运材车辆，尾部的树冠拖着地，这倒让我想起小时候，在山坡放冰车，怕冰车太快，在后面拴一条树枝，故意让它拖着地，增加阻力。吕瑟开得很稳，和原条车错车的时候灵活地打着方向盘，尤其转弯错车十分小心，防止原条的尾部扫到我们的车。一小时又十分钟，车到张店。范道平不在家，大门敞着，一个倒水的大冰壶，在院子里隆起，反射着刺目的阳光。正房的门锁着。旁边一栋砖房，门边挂着一块木牌，木牌上刻着乡愁罐头饮料厂，字迹笨拙，乍看说是某个书法家墨迹，也难甄别。我知道是范道平酒后的糊涂乱抹。推门进去，一铺火炕，好像早上烧了火，余温未尽。炕上一张方桌，赤柏松所做，古朴大方，桌上有蜡烛滴淌的印迹。桌角端端正正放着一部四角号码字典，字典上坐着一个木质相框，相框是马尿烧灌木拼接而成，镶着我们班的小学毕业照。毕业照上范道平挨着我。范道平前面，紧绷绷拉着脸的那个女生，是刘革，我以前从来没有注意到。里面还有一间屋子，屋里有一架压瓶盖的机器，墙角是一摞一摞的木箱，木箱里装着粗细不一的瓶子，都是空的。我注意到还有一箱格瓦斯瓶子，瓶子似乎搁置久了，蒙着灰尘。整箱看，可以看出瓶子少了一个。

　　眼看已近中午，本来想去场部食堂吃饭，怕警车显眼，我说要不去我家，吕瑟不愿麻烦我妈，就去供销社，打算买点儿饼干汽水对付对付。我没有穿税务制服，供销社售货员是个中年妇女，不认识。我说："公鸡饼干。"她说："饼干有，公鸡没有，又不是农贸市场。"我说："格瓦斯。"她笑了，说："自从苏联解体，那玩意儿就没有卖的了。""槽子糕有吧？"我故意拣那些土得掉渣儿的老名字逗她。她瞭我一眼，说："你是说蛋糕吧？"递给我一袋包装好的蛋糕。我想对她说，我要散装的，用包装纸现场包装的，捆着纸绳的——那种——噎嗓子的。怕玩笑过火，闭住嘴。吕瑟在一旁一直偷着笑，说："给我来两瓶啤酒，一条明太鱼。"售货员问："明太鱼要加工好，带包装的吗？"吕瑟说："最好没有辅料，光板干明太最好。"我说："还得开车，喝酒行吗？"吕瑟说："我喝酒没事，就是有点儿脸红。"

　　不是有点儿脸红，吕瑟才喝一瓶啤酒，脸赛红旗，我忙夺下另一瓶，用手拎着，出供销社。吕瑟脚步踉跄。当时北风正劲，吕瑟一张酡颜晃动，恰似红旗迎风飘摆。

　　我驾车，吕瑟的醉态只持续了不到五分钟，眼睛就睁大，确切点儿说，一只眼睛睁大，炯炯如虎。这时范道平的面包车，缓慢开到家门口，还没熄火，他显然看到一辆警车朝他开过来，接着我们看到面包车开始倒车。我的车头快速靠近了面包车，我看见范道平向后扭着头，一只手打着方向盘。吕瑟不知从哪儿抄起警车的播放器，厉声喊喝："坦白从宽，抗拒从严！"范道平显然慌了，面包车突然熄火。

　　那是在大河边的便道上，范道平哈腰跳下车，手中拎着一只划子两根冰扎，头也不回向大河跑去。吕瑟放下播放器，推开车门咣一摔关上，敞着怀甩开胳膊追过去。我也下车跟上去。这时我才相信吕瑟是个朝鲜族。从背后看，他飞跑的双腿拐拉拐拉，两条膝盖中间形成一个一闪一闪的弧圈。范道平到了大河，划子一扔，两手撑着冰扎嗖一下跳上去，划子轻盈立起，瞬间蹿出去老远。吕瑟从冰上玩耍的孩子那里夺过一只划子，上去，一划，那只划子的油锯导板前面有个豁儿，只有孩子自己知道，划时，须向后仰着身体，重心偏后，才能前行。吕瑟哪里懂得，扑通跪在冰上，十分狼狈。吕瑟又用朝鲜族话，向一个大孩子借来冰刀，三下两下系好，吕瑟直起腰，他甚至原地画了一个漂亮的圈，是预备动作，还是故意做给孩子看，就不知道他怎么想的了。吕瑟放眼瞭望，哪里还有范道平，冰面闪着晕眩的日光。但是吕瑟还是快速地跑动几下，然后弯腰，一只手背在身后，执着地向他认为范道平溜走的方向追去。

我走回范道平家，站在院子里想，是不是哪个地方出错了，我们这样做一定是把范道平逼急了。我正在考虑如何化解误会，我们只是想和他心平气和地谈谈，毕竟是儿时的密友，同窗晒了那么多年故乡的阳光。

范道平裂合（读作"liěhe"，东北方言，敞开的意思）着怀，里面是一件灰色毛衣，抱着划子冰扎跑进院子。看见我，他蹿到那堆泼脏水冻成的巨大冰壶上，丢下划子冰扎。划子拐了个弯，溜到我脚下，冰扎从冰壶上滚到障子根。强烈的阳光在他脚下的坚冰上反射。他把皮帽摘下来，握在手里，头发的蒸汽沿着阳光倾斜的光线悄悄地爬升。

"翔子，我们九岁时做下的那件事，你说了？"

嗨，这个范道平！我说："你的脑袋就是戴帽子用的吗？"

"那警车来干什么？那个警察死追我干什么？"

嗨，我知道误会在哪里了。我说："范道平，你车里拉的啥？我们是冲这个找你的——你不知道猎杀野生动物犯法吗？"

吕瑟满头大汗撵过来了，扶着大门，气喘吁吁地说："不跑了？跑到家你这不是自投罗网吗？"

范道平脚下一滑，重重摔倒在冰壶上。他趴在冰壶上，伸着两条胳膊，像一只待宰的鹅。他脸部肌肉抽搐，嘴唇翕动，说："翔子，四角号码字典……"

我和吕瑟看见血，像压碎的脱瓣的红色汁液，从范道平的身体下面流出来。血在阳光的辉映下分外鲜艳，它们好像要在这寂寞单调的山乡图板上，画一幅摄人心魄的画卷。

我们搬着范道平的肩膀，把他小心翻过来，范道平甚至还抓着他的皮帽。范道平穿着毛衣，胸部慢慢起伏，血汩汩涌出。他刚才跌倒在冰壶上，扑在一个断了瓶嘴的玻璃瓶子上，瓶子残体竖立着，牢牢冻在冰里。现在它乱刃似的碴口沾着血迹，仿佛完成了蓄谋已久的杀戮，露着利齿笑呢！

我和吕瑟木了，我让吕瑟倒出警车，把范道平放在后座上，直奔林场卫生所。韦德罗受到刺激，跳到后座的靠背上，不知所措。范道平在半路上，脸平静下来，呼吸停止了。

后来我在那本四角号码字典，依照范道平圈点的页码，查出这样一些字：大火是我抽烟引起。洪主任对不起，和翔子无关。

刘革向我说起那个蹊跷的格瓦斯瓶子。她说范道平结婚后，一直把那个瓶子放在冰箱里，晚上起夜，一般都要去冰箱拿起瓶子喝几口——里面装的是我们自己做的饮品。一天，范道平喝多了，半夜起来，从冰箱拿出瓶子。你知道他习惯用嘴咬瓶盖，那天不知怎么了，瓶子咬坏，弄了一嘴血。我寻思他当时一定还在梦里，口都没漱，上炕歪头就睡了。

那个瓶子是他自己扔在泼脏水的冰壶上的，不知怎么在那里，冻上了。

林区运材，由小火车改成汽运，我和故乡的交集联结似乎通畅了，然而也似乎蓦然中断了。范道平是我和故乡、和童年维系的秘密绳索，现在它怦然断裂，只留下绳索断裂处脆弱的丝线。

2

贾秀途还在绣他的锦绣蓝图。作为上任后的二把火，天桥镇的街道修缮一新，马路牙子铺着红色的地砖，像一件裙子镶上花边。贾秀途那阶段时间上班穿着旱冰鞋，他在镇子上的街道穿梭。整个工程装在他的脑子里，他事无巨细，甚至一条砖缝勾得是不是严丝合缝都了然于胸。现在他正在烧第三把火——筹建天桥电影城。

电影城的设计分两部分，一部分是工程承接者自主设计部分，贾秀途给予乙方充分的想象空间和自由，只把握预算和大体方向。另一部分是乡村电影（老电影或曰怀旧电影）放映空间，暂时把这个空间拟名"老磨坊"。老磨坊的舞台要有树和过去的房子，要营造出旧日时光的底色氛围。贾秀途说："这不是浅层面的病态的怀旧，是骨子里沉潜的诗性，是机械所难为的珍贵开掘。"

电影城的内部设计构想，使我重新认识了贾秀途这个乡镇书记。他还真是现代社会的一头古老树熊，虽然他的一系列动作，更多的是受业绩这一庸俗原动力的驱使。电影城工程启动了，我想它带来或者即将带来的震撼，不仅是土地衍生意义上的震动，也是身体和灵魂的深刻洗礼。

3

我想说说刘革的断手外甥。在我的印象中，他还一直是个孩子。在林区，父母条件优渥，可以给他衣食无忧的生活，况且他天生残疾，有理由安心享用这份给予。断手有迥乎常人的才华，当他挣脱母亲的褓褓，人间吸引他的并不是供销社的糖果，也不是父辈关于世界笨笨磕磕的讲述——倒是祖母声线怪异的大呼小叫吸引过他——他把那称作年轮的分裂或定格。一个人的手断了，有没有希望长出一只美丽的绿手，断裂的骨碴儿和折断的树杈何其相像，它们为何不能连接在一起？遗憾的是断手是娘胎里带来的断手，断口圆润，浑然天成。戴在他断腕的义肢，是他自己做的，毋宁说是一种创造。他自己做的有木纹，有持久隐含的木香，看起来更加人文，更具想象力；义肢不过是迎合了大众的完美想象。他在十六岁参观了北京的一家义肢厂，回来后自己就做了起来。回报是丰厚的，谁也不知道这几年他赚了多少钱。

孙丽红告诉我，家乡有两个天才，一个是我们的同辈小馊，一个就是我们的晚辈断手。小馊有常人没有的原始感觉，而且他的感觉一再被事实佐证，这或许是小馊到今天仍然长不高的真正原因，他的家族并没有侏儒基因。上天成全你，必要缺损你。断手则完全是一块从事艺术的璞玉。不知你仔细注意过他没有，他身材颀长匀称，尤其脖颈，天生就是跳芭蕾舞的料，遗憾啊！他的大脑和小馊不一样，小馊是渔人，断手是诗人——如果他愿意。孙丽红在说这番话的时候，我瞅了瞅她的脖子，白皙纤长，她顺下眼睛，脸红了。

4

　　小馊姥爷的死，是我乡村时代的彻底结束，我知道这多半是自己一厢情愿的说法。我心里想，不过是一棵老树的凋敝，这是自然法则，然而它赋予我的创痛，是包括老人的亲人在内，无法企及的。

　　我参加了葬礼，麦茬儿扎脚，乌鸦怒号。那是一次端庄的死亡，像模像样。那又像是一次玩笑，说不定他一会儿就会舒一口气，坐起来。没有，白胡子老头这回认真起来，真的死了，面如土色，不喘气了。棺材担在绳索上，晃悠悠下沉的时候，我听见手杖敲击棺材板的声音。我望着小馊，希望得到他的确认，打开棺材，使老人重见天日。谁知小馊好像有了听觉障碍，他对我笑笑，挥着小手，黄土瞬间倾覆在棺木上。

第六章

野猪

1

木头没了，人没了，空故乡。我敲敲故乡，空空空。

参加完小馊姥爷的葬礼，我坐着孙丽红的大众轿车，朝烟集方向驶去。我闭着眼，孙丽红扶着方向盘，脖子挺立。她说："睁眼，精神精神。"我看见挂饰架上，一只大大的蝲蛄壳，悠荡着，这是成年蝲蛄褪掉的壳。我说："咋不拴个骷髅头？"她笑。

在汪清和百草沟路段的一座石桥，我让孙丽红停一下车，告诉她范道平的骨灰在烟集火化后，就是从这里被刘革撒下河的。孙丽红说："差这几步了，撒张店的河里，范道平岂不安生？"我说："都是嘎呀河，都要入海的。在家那边搞，怕刺激范道平的父母，徒增伤悲——也不想吓着那些滑冰的孩子，这可能符合范道平的本意。"

　　车直奔烟集火葬场，之前我被告知全焕母亲病逝，要在这里火化。单位的人除蒋恕外都到了。我知道蒋恕不会落下过场，单位不管是谁家的红白事，参不参加不说，"礼"是必到的。尸体要进火化车间时，只有孙丙抬着担架的一端，其余人似乎犯忌讳，站在那里不动弹，急得全焕直转摸摸。我就抬起担架另一端，孙丙冲我挑挑大拇哥。全焕的母亲真轻，这个朝鲜族老太太，生前不愿意拖累儿子，不论冬夏，住在一间凉飕飕的偏厦子里。现在我和孙丙把她放在传送带上，随着电机的喧响，炉门打开，老太太终于进入温暖之乡了。

　　火化完毕是骨灰收敛。这时我看见全焕板着脸孔，我从未见过全焕如此严肃过。我听见他用朝鲜语和火葬场方面交流着，一个词隐约钻进我的耳朵，"巴拉"（朝鲜语。汉语意思：风）。大烟囱根部，鼓风机嗡嗡作响，全焕母亲的骨灰，陡然被风吹散，骨灰的颗粒在烟囱里攀爬。这黑暗的通道，骨灰只升高了几米。上方是明亮的圆孔，天堂的出口近在咫尺，但是助推的动力突然没了，骨灰无力地在大烟囱里盘旋坠落。

　　"全局长怎么这么残忍？连自己母亲的骨灰都不要了。"在车里，孙丽红向我嘟囔着。我说："刘革不残忍吗？"孙丽红说："范道平是横死，又没有子嗣，不一样。"我摸了一下孙丽红的脸，她的脸这一刻异常苍白。我说："一直朝南开，别回头，好吗？"孙丽红油门加大，车像离弦之箭飞驰而去。

"再唱唱《山羊》吧。"

"好。"

我和孙丽红只是一路南下，车到山海关，天气竟不像东北的深秋。孙丽红提议在北戴河歇脚，她还没有看过大海。我们在河东寨的海边旅社住下。1986年，我高中二年级的时候，在北戴河参加过一次改稿会。那次也是住河东寨，驻地是省作协的一座小二楼，附近是桃园和苹果园，苹果是那种青苹果。记得我们刚进房间，就下起雨，海面滚动着一排一排的巨浪。有个面庞黝黑，说话娇滴滴的女诗人，躲在窗帘后面瑟瑟发抖。雨很快就过去了，我们走出二楼去海边，空气中弥散着浓郁的海蛎子味儿。穿过一小片丛林，看见海，时间好像已近黄昏，海面上，几只海鸥伸着翅膀无声飞翔。

孙丽红从洗手间出来，换了一套绛红色连衣裙，牵着我的手，说："翔子，走，听到海涛声，我都等不及了。"

我说："你来，看，海是灰色的。"

她站在窗前，俯视海滩，辽阔的视域直抵天边，一片浅灰，像无际瓦楞。

"这是海的真面目。"我说。

"翔子，你别一惊一乍的，灰的海也是海，走呀！"

孙丽红不会游泳，但她的兴致反而更高了。我租了一个游泳圈，她套在身上，一会儿呛一口水，大叫着。我去帮扶，她逞能，喊："不用，不用！"又不让我离开她的左右。我拉着她移向深水，教给她游泳要领，还有换气技巧。我告诉她最关键的一招是，顺着海。我小心贴着她的身体，那东西盲目自大起来。她的眼圈有点儿翻白，一刹那像极她犯病的母亲。她拍了一下我的肩膀，说："不许耍流氓！"我笑，倏忽想起达瓦拉，忙拉紧嘴角。

游完泳我们在海边煮了两只螃蟹。十月蟹肥，我看见孙丽红的腹部和手臂，柔韧有力。她举着啤酒瓶，泡沫肆意流淌。

这次出游看起来十分随意，我自己内心，囤积久了，需要晾晒一下，不然要发霉了。十年税务工作，给我带来了什么？当真要在这里，耗散掉还算年轻的后半生吗？我还要服膺单位（蒋恕）的意志吗？这种服膺诚然会把我驯化成猎鹰，但是脚爪上，套着看不见的无形铰链。翱翔？至多是"熬"，哪里能有什么澎湃呼啸的飞翔？

本来是游玩放松，不想我们渐渐偏离了许多好玩的景点，只是开着车闯荡。孙丽红更多打量的是沿途的商业牌号。我把手放在胸前，吹着口哨，我还戴上孙丽红的墨镜，像个十足的花花公子。这样我们游弋至江苏盛泽。它在建制上，应该是一个小镇，没有任何值得流连的特殊地方。孙丽红停下车，看了一下导游图，说这里是绸都，我们不妨看看。马路两侧，尽是些斜拉着绸子的门脸，没有彩色气球，看来不是开业典礼。孙丽红走进一家门脸，就被吸引住了。她说："就是这里。"

我虽然犹豫，但是孙丽红喜欢这里，我也就暂时好像找到归属。我最初是一个很形而上的人，我的形而下，往往是偶然为之，不想这一为，十年蹉跎而过。我有点儿害怕，害怕里又有欢喜。我们很快就在陌生的盛泽落脚了。我挂牌成立了一家盛世会计师事务所，孙丽红呢，摇身一变，变出一个泽之鹤声乐形体学校。我们几乎没有启动资金，我想过求助丛一人，可是念头即刻打消了。最后孙丽红卖了车，说："这回我连堂吉诃德都不如了，他至少还有个水车。"

我揽过孙丽红，她用手指阻挡着。

抚慰和感激，我不要，我要爱之吻。

泽之鹤一炮而红。要说我真是低估了孙丽红的潜质，她的声乐和舞蹈的造诣——说造诣有点儿太专业，就说她骨子里那些天分的东西，恐怕多少年的训练，也难以拿捏。或者说她根本就不屑于拿呀，捏呀，她天然发声，就天籁一般令你双目瞪大。舞蹈更多来自冥冥中的呼唤，砥砺在她看来就是抵触，她摒弃了陈规陋习的条条框框，一上手就远离学院。她分解（释放）自身，那种敢为天下先的独创，即使是行外人，也会怦然心动。我想起我奶奶，我奶奶的京剧表演也是浑然天成，由此看来，禀赋那东西，是教不得的。

创业初具雏形。我得回家一趟，取孙丽红的乐器是其一，头疼的是办什么样的手续，既可以在外发展，如有万一，又可全身而退。经过慎重考虑，我们俩办理了病休，不是病退。办完我暗自发笑，我们有什么病？办完手续我和蒋恕深谈了一回，孙丙坐旁边，说："小肖有魄力，孙哥不及。"蒋恕不抽烟，这时抽出一支，别有意味地说："这下孙哥放心了。"孙丙说："别开玩笑。"转动火机，给蒋恕点上，自己也点了。他俩吐出的烟雾混合在一起。蒋恕说："我走，这个位置自然你坐，孙哥哪方面都好，就是年龄没你的优势——人各有志，看来定数是有的。"蒋恕站起来，从卷柜拿出一沓钱，说："单位盖房子你出了不少力，本来想从别的方面做补偿，先这样吧。"孙丙拿过钱，装进我的挎包，我看出是三万块，一时又找不到拒收的理由。这时全焕打来电话，说都准备好了。蒋恕穿起皮大衣往外走，边走边说："欢送老肖，今天用碗喝！"

在一家朝鲜族馆子，蒋恕盘腿挨着我，喝一大口酒，吸溜吸溜地贴着碗边，嘬滚热的狗肉汤。汗水顺着脖子淌，把围着的小手巾浸得湿透了。他拍着我的肩，说："来，老肖，喝！"看来蒋恕是真心的。蒋恕一般是不这样喝酒的，他也是这些年喝伤了。

2

盛泽距离上海不远，开车也就是两小时路程，但是我和孙丽红都没有去过上海。孙丽红的学校，有个头发弯曲的小男孩儿，孙丽红问他："你家在哪里呀？"他就会说："淮海路，我家有别墅。"淮海路是陈毅住过的地方，路两边有高大的法国梧桐。孙丽红就笑。孙丽红每天看见小男孩儿被一个开着宝马车的女士接送，女士红唇黑眸，挎一只孙丽红叫不上名字的包。有一天孙丽红看见，女士下车，穿着没有系扣子的护士服，头发好像也没梳理，拉着小男孩儿急匆匆地往台阶上走。小男孩儿说："昨晚我爸来了，喝酒了，把我妈追得楼上楼下跑；我爸喝多了就吵吵着要给我妈的屁股扎针。"孙丽红脸红心跳地拧了拧小男孩儿的脸，告诉他不许胡说。

小男孩叫陆沪通，爸爸叫陆俨通，妈妈叫田沪花。陆俨通原来是江汉平原一个县的县长，后来下海经商，折腾来折腾去，资产就过了十亿。陆俨通在盛泽附近的北厍镇，有一块地皮，原来是化工厂，经营多年。后来镇里出于环保压力，要转型，一时又没有合适项目，就到了陆俨通手里。那会儿房地产正热，可是北厍的前景不明朗，只好暂时出租，做了标牌厂用地。北厍是全国最大的标牌集散地。我是订制公司牌匾时知道北厍的。其实当时看一看图册就可以确定，只是觉得大小是个门面，离盛泽又近，就亲自去了一趟。一个大院子里都是做标牌的，一些老年男女伏在那里叮叮当当地敲打，然后落实字样，给你喷上你要的漆色。南方的冬季，零度左右，我看见干活的老者手背黝黑，手指缠着胶布，觉得那种寒冷甚至超过了北方。我想起一段奇怪的话，说山东以南，你挖一个坑，填上土，那里就平了；而在东北，你挖一个坑，填上土，不久土就没有了，那个坑你再也填不平了。这话是什么意思呢？是说东北风大吗？好像不是，是说东北人不实诚。

陆俨通在我的盛世会计师事务所做过有关北库租地的税务咨询，他出于对我的莫名信任和好感，有意雇我去调查北库租地的相关会计操作。原因是，北库租地负责管理的是陆俨通的一位家乡同宗，而这位老乡，一年光水电费一项，就有几十万的差池，他怀疑其他方面肯定也有漏洞。这点儿小事，本来是不劳陆俨通亲自上门的，后来不知怎么的，他从儿子口里知道了孙丽红。孙丽红还是李丽红，一个北方小妞，他是忽略不计的，哄儿子玩的阿姨而已。说孙丽红的老公——我，特别厉害；说我算盘一响，会计就拉稀。陆俨通抱着儿子说："啥年代了，还有账房先生！"田沪花说："算盘珠子不像计算器，嘀嘀嘀的没个威严；噼里啪啦一搞，你那个老乡以为大暴雨来啦！"陆沪通这时也拍着手跳："哦，哦，大暴雨来啦！"

我那天也是别出心裁，穿件中式对襟，来到北库。不过，没带算盘。陆俨通的老乡给我倒了一杯茶，然后就踱着方步打电话。一个年轻妖冶的女子摇着南方女人少有的大屁股，在楼梯上叽叽咕咕地逗着一只猫。水费没有问题。电费，峰谷平，都是按峰值收的。仅这一项，一年就多收近三十万元，可是账簿上，没有显示。我拿着房租费明细清单，沿着楼梯下楼。猫不闹了，陆老乡电话也不打了，步子凌乱地跟在我身后。我进了一家位置稍偏，面积适中的厂房，问老板："这里房租多少？"老板说："一年三万，我一次交了三年的，明细上有的。"明细上没有这位老板的名字。院子里没登记在明细上的厂房计十二家，租金超过了百万。我说："电费你是拿了用户的，谷平你都按峰值计算了，这是用户倒霉；而这些不在册的房租，压根是要入陆俨通的户头的……"陆老乡抓我的手，滑腻，都是汗。我挣脱他，他又扭住我的扣袢，像一个给人做坏了高级布料而遭到索赔的倒霉裁缝。

我就这样认识了陆俨通。他要请我和孙丽红去他家吃饭，我和孙丽红商量带点儿什么礼物，结果是孙丽红从陆沪通那里得知，他爸爸喜欢吃东北毛葱。孙丽红还意外得知，其实陆沪通从没去过爸爸上海的家，妈妈田沪花是爸爸的婚外情人。陆俨通的确住在淮海路的一幢别墅里。我和孙丽红去吃饭，看见一个做饭的阿姨，阿姨手脚爽利，总是自言自语。一个高大寡言的司机，是退伍特种兵，在那里擦车，一部凯迪拉克，一部宾利。吃饭的时候，陆俨通打开的是黄酒，瓷瓶精美。他怀里抱着一个女孩儿，女孩儿看起来七八岁，手里玩弄着一只酒盅，低着眼，不看人。陆俨通身后站着一个少年，十四五岁，像个侍应生，他接过瓷瓶，先给那个女孩儿斟满了。

陆俨通说："小义，你坐兰子身边。"少年从陆俨通身后往前挪，笨笨磕磕坐下。女孩儿这时把那盅酒喝了，少年望着陆俨通手里的瓷瓶。阿姨接过瓷瓶，给我们倒上酒。

"厉害。"陆俨通说，"以后有用着陆某的地方，说话。"

我和孙丽红有些拘谨，再说黄酒，甜软得提不起兴致，就敷衍着尽量不失礼数。

陆俨通出去打电话，司机走进来陪我们，一看，酒没了。这时，我们发现叫兰子的女孩儿，抬起了头。女孩儿脸色绯红，她把剩下的黄酒都喝了。她的哥哥，叫小义的少年，拍着手发出类似欢呼的叫声。

陆俨通回来了，把手机往沙发上一扔，说："阿姨，茅台——给我的宝贝兰子再来瓶花雕——啊，别忘了我的毛葱！"

和陆俨通就是这么认识的，在他，是对我们的答谢；在我们，是什么呢？也许只是新奇而已，还有，就是丰富了世俗的谈资。酒后吹谈起来，说上海的陆老板，啊，一起饮过酒的。

那次家宴，陆老板出去打电话，是有一个故事的，这故事在经济时代，其实也算不得故事了，就是炒股。陆老板始终炒股，一个撩拨神经的话题是，他炒股几乎从来没有赚过，总是半死不活地被套在那里。可是那天，陆老板松着领带，大呼茅台，那是他闻知跳出了套牢的陷阱，首度盈利。补上所有亏空，净赚十万，怎么能不醉一回呢？"十万？太讽刺了，这些年十万十万的，我赔了有一千多万了吧？"

陆老板有一个爱好，就是赌博。麻将桌他是不碰的，让司机开着豪车，拉他去澳门。陆俨通赌博有一个特点，十亿富翁（在澳门算不上，在上海还算得上吧），赌资十万，每次输过了十万，拜拜吧，您哪，叫爹，这次也不玩儿了。过一阵，手又痒了，又去，又铩羽而归。其实我觉得，赌徒不是手痒，是心痒；有一天心不知道痒了，那是麻木了，就离死不远了。

孙丽红对我说："陆董（其实这才是陆俨通的标准称谓）怎么会逢赌必输呢？又不是股票，人控制不了。"我说："那是澳门，你以为是张店双龙家呀？"

记得是暑期，我和孙丽红彼时已经淘得几桶金了，在盛泽买了房子，在上海也购得一处，出租，租金用于分期付款后，略有盈余。孙丽红舒了一口气，但是精神严重衰弱，以致我们不能同床而眠。有一个深夜我伏在她的身上，我们亲吻着，当我要进一步动作时，她跑到阳台，蹲在那里满脸汗水簌簌发抖。

"我们出去放松放松吧，丽红。"

"好，翔子。"

我们在海南转道澳门，在澳门那个著名的赌场，恰逢陆董。当时那个特种兵正在调整车位停车，陆董穿一身银灰休闲服，衣服有些紧，箍着身。陆董梳着背头，好像刚刚理过发，打着发蜡，在阳光下闪着灰色的光芒。穿一双布鞋，看得出价值不菲，但是好像不太跟脚儿。

我们打招呼："陆董。"

陆董说："这么巧，也来耍耍啊。"

这时孙丽红发出有点儿怪异的笑。

陆董摸摸自己的头发，调皮地望望天。看得出他的心情不错。

孙丽红说："恕我冒昧，陆董今天只是情绪上无可挑剔。"

陆俨通毕竟是见过世面的人，孙丽红固然算得认识，可是这个小女子这么敢说话，倒出乎他的意料。他抱起胳膊，盯着孙丽红说："哦？讲讲看。"

孙丽红一笑，说："陆董，你应该穿一套——至少上身穿一件红色或者近似红色的西装；灰色黯淡，它折射的光影又宽又长，让我觉得你染发了，头发也是灰色的，你没染发吧？"

孙丽红先声夺人，陆俨通显然感兴趣了，说："接着讲。"

"红色预示喜兴，我猜你以前到这里是极少着红的。早上剃头了咱就不说了，那是乡俗，小儿科。但是鞋，陆董，你是必须得换一双的，必须是高档皮鞋。脚下铸钟，坐那里稳如泰山。"

孙丽红扯扯我的耳朵，小声说："里面也玩'帕斯'吧？脚下没根，怎么'踢'呢？"

陆俨通原本是直接进赌场的，这时他招呼特种兵，把车倒出来。"你们俩也一起去。"他说。"去哪里？"我们问。"商场呀！"

中午，我们和陆董一起在商场吃了便当，然后回宾馆睡了一会儿，下午两点，进了赌场。两点，是人一天中的困乏期，但是孙丽红看见陆董目光炯炯，穿一件宽松的大红西装，一条牛仔裤，一双模样敦厚的亚光皮鞋。孙丽红还注意到陆董脖子上粗大的金链子没有了，手上的钻戒也没有了，只剩腕上的一块表。特种兵一身挺括地跟在他后边，要不是夹着包，甚至分不出谁是老板，谁是马仔。

陆俨通买筹码，孙丽红问："买多少？"陆俨通说："老规矩。"孙丽红摇头，从十万里拿出一沓，说："九万。"陆俨通摇摇头，小声说："小家子气了不是？"

　　赌场豪华气派，人们三三两两徜徉，张着嘴，打哈欠，好像不是来这里试运气，而是释放困倦来了。

　　终于看见了一桌，在玩"九闭"。一个大胖子，脖子上拴一条金链子，和一个穿黑衣的少年在玩儿。胖子看样子是输了。胖子身边是个女人，说："一边去，让老娘试试手气。"

　　她摸过一张牌，掀开牌的一角，慢慢往起翘，然后告诉胖子。"收米。"

　　胖子去搂筹码，少年斜睨女人，女人开牌，是张9。

　　"他押了多少？"女人问。

　　"一万！"胖子高兴地说："还差四万回本，这次咱押四万！"

　　我们在一边看着，孙丽红看见陆俨通往前凑了凑，并且朝特种兵使了使眼色，看来是刺挠了，要上。旁边又过来几个人，其中一个说："这玩意儿没有一点儿技术含量，小孩子的把戏，不如'踢'两脚爽快！"

　　陆俨通听说是"帕斯"，有点儿心悸，他以前就是在这上面，输了不少钱，现在有些打怵了。玩"九闭"的女人坐着不动，黑衣少年站起来。提议玩"帕斯"的那个人，对少年说："今天保揝了，高兴去吧。"就坐到桌前，还有一个人也坐下。

　　"你们三位确定一起玩儿吗？如果没有异议，侍应生就验牌、发牌了。"

孙丽红瞅瞅陆董，说："要不我先替你玩会儿？"陆俨通以为孙丽红不过是个聪明女孩儿，有灵气，做做表面文章，敲敲边鼓还行，来真的，行吗？再说了，她会吗？"你以为是屯子里拉大车当娘娘（一种乡村扑克游戏）啊？"

孙丽红坐下，挽挽袖子，好像是谁过生日，她要做一碗寿面似的。

摸牌，一看孙丽红手把就生。别人摸第一张牌的时候，左手捂着，右手欠开扑克牌一角，自己的底牌是张啥，就知道了。孙丽红只是快速地一掀，不掖不藏，眼睛一直盯着别人的脸。

说说"帕斯"的规矩。第二张牌不重要，第三张牌，谁的牌面大，谁说话，往上押筹码。摸第四张牌，第四张牌摸起后，看第四张谁的牌面大，依旧是牌面大的，说话押筹码。第五张牌，也就是最后一张牌，谁牌面大，叫牌。

孙丽红只是摸牌，摸完第三张，把后两张仰面压在底牌上，说一声："不跟。"这样，光是下底，一万多筹码就进去了。陆俨通有点儿着急，但是端着膀。这时提议玩"帕斯"的那个人，牌面是对4，孙丽红对3，另一个男士不跟，玩"九闭"那个女人今天运气好，牌势捧人，她手指弹着桌子，问："对4说话呀？"对4那位看了看自己的筹码，目前持平，他又看了看孙丽红，判断她不只是对3，就说："那你叫牌吧。"孙丽红说:"听着。""九闭"女人牌面有张A,看样底牌还是A。她说:"听着你就啥也没有,两万。"孙丽红拿起筹码,查出四万,说:"跟两万,反两万。""九闭"女人一边查孙丽红的筹码,一边盯着孙丽红的脸色,四万,不多不少。这时戴金链子的胖子说:"她第一次说话,保指你了,给她吧。""九闭"女人亮出底牌的另一张A,沉默半天,不甘心地说:"你吃吧。"陆俨通在身后掀了一下孙丽红的底牌,和上面的任何一张牌不搭嘎,不禁大吃一惊。

孙丽红说:"陆董,金'3',不能弃。"

"九闭"女人的牌势急转直下,她心里知道,这是因为刚才被这个不起眼的小女子"诈"了,她咬着牙根找机会报这一箭之仇。可是牌这东西,是个小脸子,你得罪了它,它今天就处处和你作对。牌面都没有对,"九闭"红桃A说话。

"五万!""九闭"女人的脸有点儿热,几千块的底,值得下这么大的注吗?她看见两位男士犹豫着,显然他们手里都有副小对,搏一下?不保赢啊,谁知道她底牌是张啥?算了,等下回给这娘们儿下个钩子!

"跟了!"孙丽红把牌面的四张都舍了,然后翻开底牌,是一张黑桃A。

要说"九闭"女人的牌也真不争气,只有一张红桃A,底牌是可怜的2,和上面任何一张牌都没有关系。黑红花片,输了。她的脸涨得通红。

牌势完全倒向孙丽红一边，真的都跟上了，假的都跑了。孙丽红甚至出现了四喜（最大的是五虎）的牌面，那个一直稳妥的男士，是实打实的佛汉牌，硬着头皮跟上了，碰上孙丽红四条十。他摇头说："见过牌兴的，没见过牌这么兴的，我服了你。"

下午六点，牌局散了。玩"九闭"的女人想认识一下孙丽红，问："女士怎么称呼？"孙丽红说："陆善通。"女士说："了不得。"

置换筹码，九万博了三百万。出赌场，陆俨通屁颠屁颠地跟着孙丽红，他南腔北调地说："那你咋还把俺的名字改了？"

"'俨'字不好，做生意用还可以，俨然，看起来就吓人；赌博，老是俨然，老是好像，怎么'踢'呀？"

陆俨通问："'善通'怎么讲？"孙丽红笑了，没说。她当时想的就是分水管那个三通（善通），没敢告诉陆董。

3

孙丽红说："小时候，有一次爸爸带我去采榛子，我们一人一个椴树皮背筐，采得满满的。我们正要下山，来雨了，便躲在树下避雨，但是雨太大了，从树叶间噼噼啪啪漏下，打在衣服上。这时爸爸取下砍刀，他站在一棵粗大的白桦树下，在树皮上割了两道口，顺着口子一揭，一张宽大的桦树皮被揭下来。父女俩披着树皮，躲过了这场雨。直到现在，我还经常梦见白桦褐色的伤痕……"

肖立翔说："小时候，也是采榛子。爸爸平时向我传授许多采山的技巧，还有伐木的技巧。比如伐木，树快要倒的时候，不能站在下坡位置，也不要站在上坡位置。有时树会从中间突然劈开，劈开的一半会弹向后方，危险极了。我爸还告诉我，采山时遇见野蜂，不要扑打，要蹲下来，用衣服蒙住头。那次采榛子，我们就遇见了马蜂。我看见凶猛的马蜂像一架飞机，在我头顶盘旋，我还看见树顶一盘蜂窝，周遭飞舞着几只巨大马蜂。我遵爸爸嘱托蹲下，那只马蜂掠过我头顶飞向了爸爸，我暗自佩服爸爸传授的秘籍。这时爸爸发现了马蜂，他脱下衣服就抡了起来，蜂窝的蜂群旋即俯冲下来，你一针，我一针，爸爸本能地蹲下了，他甚至跌倒了，在我的呼喊下用衣服蒙住了头。我过去搀扶爸爸时，他已经站不起来，坐在那里，脸明显肿大，眼睛只剩一条缝。他对我说：'别动我，让我坐一会儿，我晕……'"

孙丽红晚上经常躺在我的怀里，我们就这样讲述童年故事。孙丽红迷恋丝绸，我分析这可能缘于她对苍白童年进行修复的一种向往，白桦在她的梦里衍变成风桦，风桦的表皮像丝绸撩拨着她敏感的身体。她对童年伤害的评价，暗藏着对父辈的怨怼，甚至有点儿神经质；而我更多的是原谅。

我原谅父亲——我爱父亲。

4

2006年春天，我接到母亲从家乡打过来的一个长途电话，电话断断续续，杂音很大，时而伴以尖啸的风声。父母都退休了，父亲闲不住，在防火塔找了一份工作，他吃住山上，每天举着一架望远镜站在塔尖瞭望。母亲可能是上山给他送东西，顺便在防火塔打的电话。我隐隐约约地听母亲说，家里来了一只老虎。我惊骇着想问明白，传来一阵巨大的咆哮似的怒吼，电话断了。我紧张得手都出汗了，飞车到上海，匆匆忙忙上了飞机。

我一般是不坐飞机的，上班时有一次出差，返程坐的飞机。那是长春飞往烟集，好像是图-125那种小飞机，噪音轰鸣。升空不久，机务人员就开始喊话。我听说这种喊话是经常的，什么遇到了气流啊，如此等等不一而足。可是那次，几分钟里喊话三次，后来让大家系好安全带，并且告知不许上卫生间了。飞机开始剧烈颠簸，我看见差不多所有乘客都闭上了眼睛。我当时想，是让我们这些乘客死得不要太难看吧？所以不让你以不雅的姿势，屈蹲在卫生间，而是把你绑在椅子上，以看起来稍微安详的姿势去见上帝。

飞机起飞之前，我接到孙丽红的电话，告诉我不要着急，说你爸妈果真遭遇猛虎，你就是坐火箭去，也不赶趟儿啊！

　　到家，爸妈在园子里，用耙子搂草呢！还有一个少女模样的孩子，手持一盒火柴，一堆干草火苗摇曳，蓝烟袅袅升起。

　　我藏匿多年，那件差不多忘了的虎衫，穿在她身上。

　　"妈，你和我爸，身体都好吧？"我问。

　　我妈笑："好着呢，我们没事。"

　　"女孩儿是谁家的，怎么穿我的衣服？"

　　"穿你衣裳怎么了，只要她愿意，扒你皮你也得受着！"

　　我望着妈笑："我自己都脱了一层皮了（税服），你狠心还扒呀？剃肉还母，剃骨还父——哎？你们是不是馋了？一会儿我去买肉。"

　　"别嘴贫。"

　　我看见母亲的眼角有一片泪渍。

　　"翔子，我不吃肉。"少女垂手而立，嘴唇嚅动着说。一时间我觉得面貌熟稔，时光的飞船仿佛把我载回遥远的从前。

　　"你是？"

　　"我是洪小月，妈妈说敢把我的名字撺起来念的人，就是我的爸爸。"

　　小月，撺起来，肖。

　　"你妈妈是？"我心里訇然一响，顺嘴问了一句，问的同时，一个名字翻着跟头踢着我的胸膛。

"妈妈达瓦拉。"

我看见一行泪水快速滑过母亲脸庞。

李长训也从韩国回来了，他是送洪小月回国，负责把洪小月带到我身边。我俩坐在烟集一家露天烧烤，喝着酒，大月亮像磨盘碾过头顶。我的腿轻轻颠着，我紧张的时候，会有这种故作松弛的动作。

日本那边不做以后，我随达瓦拉来到韩国，韩国山菜生意，看似不如日本，但是韩国人比较朴素，山菜就是山菜，没有那么多附带，杂七杂八的附带——像——山口信子。山口信子那老娘们儿就是一个变态，她看着山菜，想着山菜下面的土，想着土上的脚印，想着这脚印是她夫君留下的。她不是让我们采山菜，是借我们的手采梦，梦多少钱一斤啊？她的魂儿丢了，只剩下肉体，就像一株蕨菜，水分流失了，只剩下铁线似的茎蔓。

李长训喝得有点儿猛，但是他的汉语不像一般的朝鲜族那样夹生，很流利。毛病是有的，是一种通病，比如他说"附带"的时候，发音"普带"。

到韩国不久，达瓦拉说去母亲那边走一个亲戚，论起来是个"三寸"的亲戚，在清水洞附近的乡下。这一趟亲戚走了一年，她给我打电话，说有一件重要的事情要解决，让我不要放弃经营。一年后她回来了，模样没变，胖了一点儿。我们继续做着山菜生意，生意还好，达瓦拉一个月出去一次，每次回来，好几天发呆。

后来我知道，我们这个亲戚，在清水洞养殖生猪。一个小个子老头，和咱们张店猪场的侏儒冯那么高。老人的儿子是娱乐城老板，文质彬彬的，一点儿也看不出，他实际上是一个毒枭。我们通过小老头介绍，给娱乐城餐厅送山菜。有一次被老板看见了——主要是看见了达瓦拉——李长训和我碰了一下，一口气喝了一瓶啤酒，又打开一瓶，蹾在木头桌上。"翔子别误会，你知道达瓦拉很特别，有一种平常女人没有的，啊，叫气质吧？"我被李长训的讲述吸引，根本没有什么类似嫉妒之类的想法，我笑笑说："接着说。""老板就叫住达瓦拉，问她愿不愿意在他那儿干？达瓦拉犹豫，他说，餐厅经理，达瓦拉往外走，他说，娱乐城总经理，达瓦拉站住了。"

一个部门经理，收入可能还不如我们倒腾山菜，但是总经理就不一样了，关键用达瓦拉的话说，山菜我们暂时还没有能力把它做得更大，而且也太辛苦了。还有，我要为姑娘着想。这时，我才知道，达瓦拉说的姑娘，就是女儿洪小月。

老板是个有意思的老板，你可能想，他重用达瓦拉，是觊觎她的美貌。我开始也有这样的想法，我还策略地提醒过她，她说："没事。"

老板从来不去达瓦拉的办公室，达瓦拉去他的办公室，没有第三个人在场的时候，他就低眉顺眼，脸像大姑娘一样红了。这是达瓦拉对我说的，我当时就笑了。"翔子，你是不是不舒服了？觉得老板不正常，因为只有心里有鬼的人，才如此不正常。"

我说："这不是有鬼，可能是爱。"

"哈哈哈哈。"李长训朗声大笑，酒的泡沫粘在络腮胡子上。

李长训说："怪不得达瓦拉那么在乎你，因为你能在最平常的举动里发现——发现什么呢——发现心跳！这确实是爱，老板爱他的母亲，而他的母亲，在他很小的时候就死了——达瓦拉的长相酷似他的母亲。"

我吁了一口气，我×，越来越像韩剧了。

洪小月五岁还不会说话，据说是她刚会走路的冬天，去猪舍找爷爷，摔倒了，脑袋磕在一块凸起的坚冰上，这次意外，影响了语言中枢的发育。她一直到七岁，只会说一个单词：歹吉（韩语，猪）。达瓦拉每次看女儿，回来后发呆，估计忧虑的就是这件事。

娱乐城老板不知道达瓦拉在他父亲那边寄养着一个女儿，那天他偶然回清水洞，看到洪小月。这么乖巧的女孩儿，怎么可以不说话？他给洪小月吃下一粒药，洪小月就躺下睡着了。他关上手机，在孩子身边守了三天三夜，一直到孩子醒来。洪小月醒来后，看见窗子红了，揉揉眼睛说："太阳。"老板惊喜地笑了，他照照镜子，自己的脸，胡子拉碴，他从来没有这样，从来都是干干净净的一张脸盘。这时传来急遽犀利的警车鸣叫，洪小月瞪大眼睛说："公鸡。"老板收敛笑容，他俯下身，好像想抱起洪小月，最后他掖了掖被角，用胡子扎了扎洪小月的脸。

　　拉开门，警车的尾部冲着他，倒车镜反射过来一束强烈的太阳光使他眯起眼睛。洪小月光着脚站在他身后。他回过头，洪小月好像涂黑的玻璃片后面的日全食的黯淡光影。

　　老板是因为贩毒被捕的，警方当时查封了娱乐城，达瓦拉也接受过讯问，结果清白。李长训甚至接受了尿检，检查的结果是比正常人还正常。本来达瓦拉不想在娱乐城干了，但是左思右想，还得干下去：一为报恩，毕竟老板让洪小月开口说话了，且不管他给孩子吃下了什么；二为澄清自己，毒品和我无关。

　　接下来的八年是惨淡经营。达瓦拉的头发差不多都白了，好在韩国的美容技术先进，她还上过地方的美容广告呢！洪小月长成美少女，假期就去清水洞猪场，她外表木讷，内心细腻。达瓦拉其实从来就没有把韩国当作自己的家，她总是提起张店，说："小月啊，你的根在那里，你的窝在那里，等妈妈给你铺好了，你就飞回去——妈妈是回不去了，头发白了，没人要了。"

　　我一直在等着李长训说出达瓦拉的下落，李长训喝多了，一只手按着条桌，头偏着，眼睛瞪着我。我看见他的眼睛布满血丝，我说："长训哥，你累了吧，我送你回宾馆。"

李长训说："宿——命。"他打了一个嗝，摇摇晃晃地站起来，我扶着他，叫了一辆出租车。

转天税务局的孙丙打我手机，说有我一张汇单，让我去取。孙丙现在果然是分局长了，把汇单递给我时，脸色整肃。收款人肖立翔，五亿韩币，汇款人洪桂月。附言写着：女儿叫洪小月。有一天照顾好她。

有一天，哪一天？达瓦拉，你现在在哪里，想干什么？

洪小月告诉我："妈妈死了。"

"你说什么，她怎么会死？"我摇着女儿的肩膀。

"姥爷在天上叫她，她不去怎么办？"女儿挣开我的摇曳。

妈妈那几天，始终觉得有人叫她，回头，后边没有人。晚上她躺在床上睡觉，睡着睡着忽然坐起来，满脸大汗。妈妈对我说，姑娘，我这是怎么了，梦见在云彩上走；火烧云真美，但是烫脚，我挪动双脚，忽然踩空，掉进麦田——哦，对了，是供销社后面的麦田。我还梦见火锯厂，火锯隆隆地转着，一束束火星崩进我的裙子。我还梦见河边的柳林，一个男人在抽烟，他把烟头塞进——小月的脸红了，忽然歇斯底里地大叫着："那个男人是不是你？！"

我的眼眶贮满泪水，我想起李长训的话，宿命。

达瓦拉给我汇款几天后，娱乐城着火了，达瓦拉死在她的办公室。她不像死于火灾，衣装完整，只是头发略显纷乱，中缝白色的发根清晰可见。

5

成才的大树已经砍没了。林业局早已从采伐改为营林。也还有木头从山里拉出来，但多半是一些阔叶林木，大径针叶树种基本看不到了。动辄是一车柞木，锯得倒是齐整，不像红松原条拖着地，扬起积雪或土尘。柞木也就大腿般粗细，原先这种硬杂木，就是粗过了腰，也不在林区人眼里，站着时长点儿橡子，倒下后长点儿木耳而已。一般就是砍了烧火。硬杂木烧火扛炼。

随着山林里树木的减少，孩子也猛然少了。孩子的减少是不容易被发现的。直到看见学校里的老师比学生多的时候，才忽然心慌。孩子怎么这么少了？从前村村都有小学，现在一个镇子十多个村，就一个小学就够了。大树没有了，原始森林几乎没有了。再想营造出原始森林，至少得一百年啊！而孩子少了，似乎不那么可怕。十年，一个孩子就十岁了。恢复人群的生机比恢复一座森林的生机要快得多。但是，孩子多的时候的学校，大部分闲置了。村子里最长的那座房子，门窗零落，那是前些年热闹的小学校。

连林业局的中学，教师也比学生多了。几百个学生都送到县城中学去了。林业局中学白底黑字的牌子还挂在门口，里面几乎没有人了。

老冯头的脸，就像没发起来的黑面馒头，紧绷绷的，单单看脸，你根本无法判断他的年龄。20世纪70年代的时候，他在张店养猪场，那会儿应该有五十多岁，我爸妈都叫他冯大爷。现在，快二十年过去了，他仍然和原来一样。他从来没有年轻过，但也不会继续老下去。林业局中学，还是南北两栋教学楼，但是你几乎只能看见老冯头一个人了。他胸前挂着一枚哨子，小手端在两肋，甩开短腿奔跑，跳上领操台。台下黑压压的六百多，站在操场上。它们是老冯头的"学生"，一大群野猪。我说的不是比喻，就是那种呼啸山林的野猪。野猪们花纹斑斓，鬃毛闪亮。

我小的时候，老冯头养的是家猪。那时的养猪场在大河的对面，他基本不过这边的居民区来。与他的猪们相依为命。虽然猪是集体的，但老冯头还是视若己出，很是珍爱。过年过节或上头来了领导要杀一头猪，老冯头如同大祸临头，怎么也决定不了杀哪头。最后他捂着眼睛对陶二虎说："你爱杀哪个杀哪个。"说完进屋抱着头。老冯头不吃猪肉。他自从养猪就不能吃猪肉了。大家几乎把老冯头给忘记了。林业局只剩下守林员了，他也不知道，他的心都在那些猪身上。几年前张店林场与周边五个林场合并，他的养猪场里，还有几十头大猪，把一些小猪仔留给了他，其余都被林场拿去杀掉给职工分肉了。拉走大猪的那天，老冯头以为世界末日到了。他抱着给他剩下的那十多个小猪，惊恐得一个晚上不敢睡觉，生怕有人把小猪仔也拿去烤了乳猪。

　　老冯头没有老婆孩子，猪仔就是他的孩子。他宝贝得不行。他一周给小猪换一次草。猪圈里总是干爽干净的。小猪到秋天就长成大猪了。一天他在山坡放猪，见猪们都乖乖吃草，就靠在一棵水冬瓜下面睡着了。醒来时太阳偏西了，睁眼一看，身边一只猪都没有了。他站在一个被砍伐的红松巨大树桩上呼喊："我娃，都回来——"一会儿，就有猪陆陆续续从林子里钻出来，向老冯头的脚下跑来。低头数了一下还缺三头。可能是跑远了，听不到它们老冯头的喊声。老冯头从怀里掏出哨子，鼓起腮帮子，吹起来。他吹的是开晚饭的哨子：嘟——嘟嘟——嘟——。老冯头每天给猪喂食都是吹哨子的。吃饭吹这个节奏，吃完饭带着猪上山吹：嘟嘟——嘟——这些猪都听熟了。听到哨音，就知道接下来应该干什么。吹了一气，见有两头小猪顶着一头干树叶跑过来了。还缺一头。继续吹：嘟——嘟嘟——嘟——

　　吹到快吐血，也不见小猪跑回来。老冯头带着十五头猪回家了。那头也许能自己回来，或者被什么野物拖走了。

　　开始的那些天，老冯头总是觉得那丢的猪会自己回来，每天在山坡放猪，总是吹哨子呼唤。一个月过去了，不见猪回来。老冯头就不再盼望了。

　　就在老冯头快绝望的时候，那头黑白花的小猪不知什么时候回到了猪群里，若无其事地低头吃草，好像它不曾离开猪群一个来月。老冯头是下午带猪回家清点时发现不是十五头而是十六头。然后他就看见了那头小猪，混在猪群里，没事儿人一样。老冯头走过去，摸着它的头问："爹的宝，你跑哪儿野去了？"小猪抬头看看它老冯头，哼哼了几声，算是回答。老冯头好像听懂了说："以后可不敢瞎跑了，现在林子里没有砍树的人了，没准哪天野兽就回来了，看吃了你。"说完拍一下小猪屁股，"这么肥。"

　　那天晚上，老冯头就想：这林子里是真没啥大动物了，猪在林子里一个来月，都没野兽出来吃。林子里真干净啊！除了一些这几年长起来的小树，就是小花小草了。看来每天也不用看着，到点把猪放到林子里，晚上吹哨喊回来就行了。

　　三个月后，北风已经刮起来了，小雪花也纷纷扬扬，虽然林子还没有被雪覆盖，但树叶快要落尽了。

　　有天晚上，老冯头半夜惊醒，他好像听到孩子哭声。也好像不是孩子哭，而是孩子哼哼唧唧的声音从隔壁传来，那里住着他的十六个猪宝宝。他披棉袄起来，拿着手电筒，往猪圈里一照，见西北角草窝里，那头黑白花的猪已经生出十多个小猪。细看又不像猪，身上的花纹就像花鼠子。等看到小猪的嘴，确定还是小猪。老冯头看明白了，这些是小野猪。原来小猪丢失一个月，是和一个公野猪跑了，后来俩猪合不来，小母猪带着野种又回来找老冯头来了。

老冯头激动得小脸紫红，不停地搓着黑乎乎的手，急忙返回屋里把炉子里的火弄旺，把母猪和小猪一同弄到自己住的屋子里，数了两遍，总共十一只小野猪崽。野猪仔花花绿绿，他抱起这个亲个嘴，又抱起那个亲个嘴。自从他的猪被拉去杀掉后，半年了他不会笑了，今天他抱着小野猪，如同自己有了儿子，他大笑起来。笑得雪花都抖动了起来。

这十一只小野猪，打开了他新生活的大门。

此后再有小母猪走失，他不但不着急了，还乐了。就等着给他带回来一肚子小野猪了。

老冯头的六百多头野猪就是这么繁殖起来的。那只最先带回小野猪的母猪他一直养着，已经成为凶恶的老祖母。

老冯头先鼓起腮帮，吹了一声哨子，喊："立正——"猪们立了立耳朵，前脚往一起并拢。又喊："稍息——"猪们迈出一只脚。老冯头说："好着咧。下面准备做广播体操，做完体操，还是上公路，在公路边吃草，吃完草，跟随领队归校。表现好的，有豆饼，玉米糊糊；表现孬的，只有清水。啥是表现孬呢？就是去菜地吃居民种的菜，去落叶松林子瞎拱。下面开始做操，今天领操的，是新来的韩国美女洪小月。"

洪小月走上领操台，向野猪招招手，猪群一阵骚动，纷纷后腿站立，前蹄离开地面鼓掌。有一只好色的猪，肚皮下类似藤萝的东西探了出来，惹得众猪一片哼哼。有一只野猪问："韩国和朝鲜有什么区别？"一只答："韩国吃辣白菜用刀切，朝鲜用手撕。"

洪小月说："大家不要议论了，下面做操，做完我告诉大家。"音乐响起来，猪们晃头扭屁股，拍胸后踢腿，做了有十分钟。结束了，走过来五位年轻女教师，要带猪们上公路，但是众猪望着洪小月不动。洪小月说："先吃一碗大米饭，再喝一碗玉米糊糊——完毕！"猪们对洪小月的回答很满意，都哼哼唧唧地摇着尾巴，意思要她做自己的领队。洪小月站到刚才探出藤萝的那只猪的纵队前面，弄得那只猪不好意思地低下头。这时校园的铁门徐徐滑动，六队野猪上了公路。

猪们像一群绵羊，在公路边埋头吃草。公猪好像把绵羊的羊角长在了嘴里，獠牙翻露在外边，很凶悍。其实很温顺，时刻盯着领队姑娘胸前的哨子，一旦哨子吹响，就会带领自己的纵队返回校园。它尤其注意那些花纹漂亮的小野猪，它们偏着头发愣发呆，一副思念山林，随时逃遁的样子。它用獠牙磨着小家伙的背，是警告，似乎也是悲伤的安慰。回家吧，孩子，有冯爷爷的护佑，你的生命至少是完整的。老冯头有个不成文的规矩，幼崽不卖，没有交配过的壮年，不卖。人有人道，触类旁通，猪也有猪道。冯爷爷说："没办法，我要在有生之年尽量恢复林区原有的面貌，缺啥？缺钱呐！娃儿们睡不着觉或永远睡着了的时候，体谅吧，担待吧。"

　　我小时那会儿，林区各个林场都有小学，有初中，高中到地区高中念。后来林场的学校撤了，现在是地区的学校也撤了，只剩下小学，你要继续念，对不起，上县里吧。林业局的中学整体卖掉了，被老冯头买下。他说："学生娃咱不会教，咱教教猪娃呗；人娃子咱没资本养，树苗苗咱种得——等满眼葱绿吧，埋俺的时候别裸着个天。"

　　小月没有跟我回南方，她看见老冯头就想起韩国的爷爷，一样的小个子老头，一样侍弄猪，身上都散发着酸味，不是不能动弹了的老人身上的那股酸味，是类似酒糟的好闻的酸味。这是劳动的酸味，不是死亡的酸味，小月喜欢这种酸味。中国的这个养猪老头除了酸味更有生气，也许因为他养的是出自山林的野猪吧？小月跟我说："翔子，你跟冯爷爷说说，我要在他那里养猪。"我说："不行，这哪里是淑女所为，你会变成野姑娘的，你妈不会同意的。"小月说："阿布吉，我不是现代社会胡闹乱来的女孩儿，请你不要束缚我的天性。"小月叫出了爸爸，后面的话，我一时听不见了，一条小溪舔舐着隔阂在我们之间的冰层。我说："我怕你妈会怨我。"小月说："我妈那么爱你，才不会呢。"

　　冯爷爷几乎一下子就喜欢上了小月，他没有子嗣，猪猪尚且能够视如己出，何况一个没娘的天真闺女！但是老冯头表面上说："俺这里不缺女孩儿，你也看到了，一色女孩儿。"小月心明眼亮，说："你缺女儿——看你毛衣的袖子都秃噜了，都变成坎肩了，我做你女儿好不好？"老冯头揪着毛衣袖子一根松松垮垮的线，说："你小小年纪，会织个甚！"其实老冯头这时候心里已经看好小月了，还没一个女孩儿，这么细心，也可能是看到了，不敢说。小月用目光征询我，我笑了，看着冯爷爷。冯爷爷板着脸说："你要认我干爹，我和你亲爸不是平辈了吗？论岁数我是你爷奶的上辈哩！咱也不论这你低我高的辈分了，人讲的是个缘分，把这里放平了——冯爷爷指着自己的胸口——活得踏实就好。你要愿意在这里搭工夫，和别的女孩儿一样，叫我一声爷爷。"谁知小月伤心了，说："我从小就没有叫过爸，让我叫你冯爸，不行吗？"老冯头看看我，我点点头。老冯头说："冯爸洋，咱土，叫冯爹呗。"

"冯爹。"

"哎。"

三个人都笑了。

20世纪80年代，我上高中时，北楼是高中部教室，南楼是初中部教室，东侧两栋平房，是学生宿舍。现在，六百多头野猪夜间住在北楼里，南楼是员工食堂、宿舍、办公室，还有食料仓库。两栋平房已经废弃不用了。

清早，天灰蒙蒙的，雾气缭绕，年轻的姑娘还在梦中，嘴角淌着涎水。冯爷爷这时吹响哨子，野猪们从北楼冲出来，撒着欢在操场上疯跑。现在小月来了，她说："冯爹，这样不行，乱糟糟的没个规矩；让它们像做操那样排好队，围着操场跑。"猪们瞎跑惯了，冯爷爷组织不起来，小月打了一个呼哨，猪们立起耳朵。小月从一只桶里拿出一沓玉米烤糕，还冒着香甜的热气。她掰了一块，抛向空中，野猪们吱吱叫着跳起来抢。她又打了一个长长的呼哨，把那叠玉米烤糕背在身后，一条手臂画了一个圈，又做出跑步的动作，然后拿出一块烤糕，咬了一口。野猪聪明乖巧极了，自动排起两列纵队。小月先引导它们围着操场跑了两圈，然后它们就自己跑起来。冯爷爷问小月："哪里弄的这种烤糕，有二十年不见它了。"小月说："在仓库里找到的烤箱，上面有斑驳的农业学大寨的字样，我琢磨着烤了一炉玉米糕饼给猪猪，没想到那么香，我都想吃呢！"

猪们跑累了，停下来，每头猪分到一块烤糕，贪婪地吞食着。那几位姑娘从梦中醒来了，掀着鼻翼问："什么美味，这么香？"

由于年久失修，北楼教室的楼板有些松动了，整个楼体两端下沉，中间部位拱起，一条裂缝直抵地面。以前，野猪在夜间都喜欢在二楼活动，它们在窗口能够嗅到夜风里远山的气息，能够看到挂在夜幕上的不甚遥远的星座。现在，野猪入夜就都挤到一楼，二楼空荡荡的有些凄清。小月说："冯爹，你知道这是怎么回事吗？"老冯头说："他们懂得接地气哩，凭空悬一宿不接地气。"小月说："冯爹，你真是太聪明了，可是，还没有猪猪聪明！"老冯头脸一沉："怎么说话呢？你冯爹咋就不如这些野家伙了？"小月笑，她说："冯爹你别生气，猪猪要接地气不假，更要紧的是它们感觉到了危险。规避不知几时到来的险情，这种天生的灵气我们差远啦——教学楼随时可能坍塌，猪猪不要四肢悬空，在那一天万一到来的时候，匍匐在它们可以信赖的地面上到底踏实一些。"

老冯头说："我一直以为我比较开化，看来真是老喽——那你说说该咋办？"小月说："冯爹，我想在围墙东侧的大河边，建三栋房子，两栋猪舍，一栋人居。你要是同意，你投资，不同意，我自己建。"老冯头说："猪是我的，我不去河边，哪天发大水，把俺和猪娃冲跑了；你要找倒插门女婿，不用盖那么多房子，一幢小洋楼，入赘者就会挤破脑瓜。"小月捶着老冯头的肩头说："冯爹不正经，人家和你谈正经事呢！"

老冯头让小月把那些年满六个月的小猪单独编一个班。总共有五十多头。小月问："为什么要这样编？"老冯头说："过几天你就知道了。"

其他班级的猪都在公路边吃草，山林里已经不让放猪了。现在是封山育林。老冯头让小月偷偷把这群六个月大的小猪赶到后面的山坡上去了。小月睁着大眼睛，看她冯爹。老冯头示意她不要说话，只管带着猪进山。一周左右，老冯头和小月每天带着这些小猪进山，每天都往山里推进一公里。到第七天的时候，小猪的位置已经离家七公里了。有的小猪跑得没了影，老冯头也不着急，还笑眯眯的。

小月生气地说："冯爹，林子这么深，跑远的小猪找不回来了。"说完拿起胸前的哨子就要吹。老冯头一把按住说："爹的乖宝，千万不要吹。这些天的功夫不是白费了吗？"见身边不剩几头小猪了，拉起小月就往山下走。小月说："冯爹你疯了吧？猪娃都找不着回家的路啦！"老冯头说："就是让它们找不着家。这些猪是今年供给这座山林的礼物。它们本就是野猪，属于山林。山里不能光有树，还得有动物，还得有野猪，没有野猪，就不叫深山老林。"

小月似乎明白了些，跟着老冯头下山，还不时地回头。只有三头小猪紧紧地跟着小月。老冯头看看小猪，对小猪说："林子里野果、野草、树叶、蘑菇够吃了，不会饿死。回去干啥呀！回去再过半年就成了人家锅里的猪肉，快跑吧。"说着捡起一根树枝打那三只小猪，小猪跑散了。

县里运行的大巴，往南有通往烟集的，往北有通往牡丹江的。吴庆森家的大巴，跑北面。跑北面的车，要路过林场中学，中学现在一般没有上下车的。那里是个大坡，围墙朝着公路开一道铁门，进出的是六百多头不挎书包的野猪。老冯头叫它们学生，放猪女孩儿叫它们野猪大军，可不是嘛，要是给它们扣上个钢盔，老远一瞅，浩浩荡荡又黑又亮，可不就是雄壮的野猪军团嘛！

　　吴庆森家的大巴，他老婆是车长，名叫叶芹。中学变成野猪养殖基地以后，在她眼里，成了一道疙疙瘩瘩的风景。每次经过这里，她，还有不少乘客，把头探出车窗，看着这些即使在林区，也不可能看得如此真切的野猪，好像免费逛了森林公园。乘客是舒心的，她心里别扭。当初自家老公也是这废弃中学的竞标者，可惜这个酒鬼一天到晚只知道"灌马尿"，让个矬把子拣了大便宜！现在人家这只蜘蛛，网结大了，往那一蹲，你哼哼也是蚊子，一边待着吧。

　　叶芹有个儿子，二十出头，不着调，仗着自己的伯父是林管局局长，就一天四处乱晃，有时跟着老娘的车，去牡丹江玩。叶芹让他学开车，好歹有个正经营生，可是他一摇方向盘，乘客就找借口下车不坐了。说，吴公子一手打电子游戏，一手摆弄方向盘，俺们还想多活两年呢！吴公子有个外号，叫作哇哇叫，没有消停时候，只要有他在车上，你甭想歇息片刻，不大声说话，就高声唱歌，一个字，闹。

　　今天他的嘴好像粘上了，好像契诃夫描写的，脸上的皮肤不够用，因为闭嘴而眼皮下拉，眼睛静静地张着。车过林场中学，天色雾气弥漫，照例是野猪在公路边吃草，一饼太阳蟮在大雾里如一摊新鲜牛粪，淡黄的光线温柔地织在青草里。公路边坐着一个姑娘，在织一件橘黄色的毛衣。这是谁，这么漂亮！以前怎么没见过呢？哇哇叫走到司机跟前，让他停车。叶芹说："你少扯犊子，我们运营呢，乘客赶路，没时间陪你玩儿！"哇哇叫大叫："停车停车，我要下车。"叶芹对司机说："给他停一下，我告诉你儿子，你可别瞎整，惹身骚。"哇哇叫做了一个两手枕在腮边的肉麻动作，还说："宁在花下死，做鬼也风流。"叶芹照着下车的儿子后背就是一巴掌。哇哇叫夸张地大叫一声。

　　哇哇叫跳下车，车停下的地方是个大上坡，见他脚落地，一耸搭，重新启动。大巴带起的烟尘，很快消失了。放眼一望，星星点点尽是猪，留他一个站那里，像个孤独的傻帽儿。这时他看见公路像黄色胶带缠在山峰上，大巴像一只玩具车，粘在胶带上。云雾缭绕，转瞬他什么也看不见了。

　　前不着村后不着店，哈！他握紧拳头，喊了一声，算是给自己打气。他沿着公路往南走，看起来就像要走进镇子。不断有野猪抬起头，警惕地望着他，见他只是个走路的路人，就埋下头继续吃草。一只脊背上生着黄色花纹的小野猪，突然跑到哇哇叫的脚下。哇哇叫停下茫然的步子，发现离织毛衣的姑娘，已经很近了。让哇哇叫奇怪的是，自己下车的目的正是奔这个姑娘来的，而此刻，胸膛里却心跳加速，咚咚地擂着，像退堂鼓。

　　不行，不能撤，一定要顶上，他在心里告诉自己。这时他看见草地上的婆婆丁，金黄金黄的花朵，才绽放的样子，他就弯下腰，不自然地采撷起来，想要引起姑娘的注意。可是，洪小月根本就没有看他，还在专心地织着毛衣。答应过冯爹的，冯爹以为小月只是说说嘴，痛快痛快吗？她想着，不禁泛起一丝笑意。哇哇叫见洪小月不理他，把采在手里的婆婆丁往空中一抛，然后学着武打片里的动作，凌空跳起，并且高声断喝："俺乃采花大盗也——"

其实这时洪小月才看见不远处这个男孩儿，是他声线怪异的喊叫吸引了洪小月。洪小月发现一具轻飘飘的身体横陈在五月的空中，身体专横地脱离了地球的引力，显得放肆多姿，像一只挣破了束缚已久的茧蛹的巨大蝴蝶，要凌空展示自己的美丽和多情。

这只大蝴蝶不禁引起洪小月的注目，它掠动的微风所夹带的危险的荷尔蒙气息，一刹那袭进了周边甚至更远一些野猪的鼻孔。雾蒙蒙的天空此时奇怪地现出几道精细的闪电，魂儿划似的。清早，天空就被大雾笼罩，起初夹带着一个蛋黄般的旭日，现在不知被谁搅浑，混混沌沌——雨马上就来了。

还未等雨落地，还未等哇哇叫落地，那只曾经饱受非议，在洪小月面前出过丑，冲动地探出过肚皮下的藤萝的野猪，竖着脖子上有如愤怒的箭镞鬃，横亘在哇哇叫坠落的下方。另有几只野猪也下意识地蹿过来。

当第一缕雨丝无比温柔地抚摸了哇哇叫的稚气未脱的嫩脸，藤萝无比犀利的尖牙毫不犹豫地扎进哇哇叫的大腿。藤萝第一次使用它的利齿，戴罪立功和尽显威力，二者合一，往上一挑。哇哇叫刚刚落到地面，又被高高抛起来。

哇哇叫在空中折了个个子，然后仰面摔落在地上。洪小月如梦方醒，为防止野猪再度袭击哇哇叫，她打起分外尖利的呼哨，野猪支棱着耳朵停止了动作。麻线似的细雨穿梭天地，好像一帘神秘的透明幕布半遮半掩。哇哇叫不叫唤了，血液在地上弯弯曲曲地欢快流淌，雨水把它变成一摊黑色渗进公路。

要不是洪小月的适时制止，藤萝一定会把哇哇叫拱成筛子眼儿，哇哇叫也就应了自己的谶语，做风流鬼了。哇哇叫到省城做了手术，命是保住了，一条腿高位截肢。从省城回来没有回家，直接去了张店的断手那里。断手为哇哇叫安上了假肢。假肢真是先进，哇哇叫年轻，三个月后出院，走起路来没有假肢那种咯吱咯吱的声响。

野猪袭人事件，就好像从来没有发生，每天早晨，太阳冒红，洪小月和姑娘们，照例引领野猪走出校园，在公路边吃草。不过洪小月觉得气氛怪怪的，雾气湿重，花瓣歪斜，一丛丛蛰麻子草总是把她的手臂蛰得通红。洪小月还做梦，梦见冯爹提着桶，往河边的铁栅栏上刷油漆，红油漆溅到冯爹的脸上。

东侧围墙外面的大河边，猪的房子，人的房子，红砖灰泥，已经搭建完毕。现在，老冯头领着几个年轻工人，沿着河堤钉木桩呢。近五百米的河道，两侧堤岸均匀地立着敦敦实实的木桩。木桩之间挂着铁丝网，太阳下银光闪闪。要说房舍就是普通的房子，但是这个狭长的仿佛捕鱼的巨大绣网，算得上是老冯头的一项发明。真是太精明，精到了——猪们既可以自由戏水、洗澡，又保障了那些好奇的参观者的安全。

现在已经不安全了，从藤萝咬了人，老冯头就在等，可是三个月过去了，风平浪静。夜里，老冯头坐在校园宿舍的床板上，衔着烟袋锅。猪猪和姑娘们都睡了，老冯头听着鼾声和大河的水声。老冯头听见天上的银河传来清晰的槌衣声，棒槌隔着衣裳砸在石头上，轻轻震动着他的床铺。老冯头披衣而起，像个梦中人溜达到大河边，狗尾草噬咬着他的小腿。他看见洪小月坐在河边挥动棒槌在槌衣，槌衣声撞在河堤的悬崖上，清脆响亮。

啪嘎嘎——啪嘎嘎——

九月三日，野猪迁入新家了。

乔迁新居通常要举行一个仪式，老冯头不想搞面子工程，贺喜诸事推给小月理会，采访啦，拍照啦，等等，不一而足。这天老冯头收到一封信，以为也是恭祝之类的贺信，拆开一看，是吴庆森写的一封信。老冯头让小月读给他听，信是这样写的：

　　　　鉴于我儿子被你豢养的野猪严重咬伤，兹提出以下补偿条件：

　　　　1. 赔付我儿子人身伤害及精神损失费一百万元。

　　　　2. 咬伤我儿子的野猪必须游街示众，示众之后执行枪决。

　　老冯头知道吴家没有那么简单，肚子里装的不仅仅是墨水，是骏黑的墨汁哩，泱泱的要淹死人的架势。"啥是豢养？俺饲养家猪、野猪几十年了，竟不分明？"小月说："冯爹，豢养是说你收买了野猪，野猪伤人就是主观故意了。"老冯头说："放屁！一百万本来我是可以接受的，咬成那样，活蹦乱跳一个小伙子，这辈子基本也就废了——可是要游街——游游我，倒也认了——游藤萝，游完了还要枪毙，他以为是'文化大革命'呢，'文化大革命'也没听说过枪毙猪的！要是这样，一百万搁下吧，咱凭法院判。"

　　吴庆森去州里找他的哥哥吴庆鑫。20世纪90年代初，我在敦化林业局参加过一次文学笔会，那会儿吴庆鑫是林业局党委书记，我能够记得的是他有一张富态的大脸，在一个叫作小白的林场招待我们这些生瓜蛋子吃饭。吃饭时一个劲儿地说："这里高寒，辣椒不红，茄子不紫。"那是一次不愉快的笔会，我们这些文学青年有一天晚上在林场大院跳舞，被一支散弹猎枪打了一枪，一粒铁砂打进一名作家的肚子（那是唯一的一名当时可以称得上作家的与会者），笔会因此草草收场。回程中我在敦化林业局的大喇叭里听到苏联解体的新闻，当时吕瑟正给我打电话，惶惶如丧家之犬。

　　吴庆森找没找到他哥不知道，反正回来时用雨布裹着一件硬邦邦的东西。

　　一个大雾的早晨，他坐在河道的悬崖上，太阳还没升起。一看他就喝酒了，因为老冯头出现在河道，他挣扎着要站起来，最后只是把伸着的腿盘在一起。他喊："老冯头，你服不服？"

老冯头在敲着一面锣，猪娃撒欢跑，溅起高高的水花。

"服谁呀？"老冯头在下面喊。

"游不游？"

"游甚咧，你下来试试，水凉哩，能把卵子拔抽抽了！"

"一百万不要了，游街，中不中？"

"你喝多了吧，还是说梦话呢？"

这时老冯头看见吴庆森竖起一件裹着雨布的东西，三把两把扯去雨布，一杆半自动步枪赫然挺在手里。

太阳訇然升起，枪管映射着阴森森的光芒。

"那是甚？你可别想不开，跑这里自裁，污俺场子。"

"老冯头，我让你知道知道——杀伐的器械久不沾血，不灵光了哩。"

"你敢？还没王法了？"

"擀的是饼，王法俺不认识，俺让你认识认识枪法。"

吴庆森往下一出溜，枪随着响起来。醉鬼哪里有什么枪法，但是胡乱扫射，已经有几只野猪中弹，像石头砸进河里，河水在阳光的照耀下，霎时红艳艳的了。

"我×你姥姥哟——"

老冯头哀号一声仰在水里。

第七章

老虎

1

第二年，烟集州林管局局长吴庆鑫被双规，据说他敛取的钱财有几亿之多。烟集州有八大林业局，七个林业局的局长是从吴庆鑫手里买的。林业局局长上任后，急于分摊自己这把椅子的高额成本，各林业局下属的林场，视林木资源稠稀，场长都是明码标价的。场长再任命各个副场长，多少多少钱一位，视你管辖的势力范围大小而定。

唯一没有花钱买官做的林业局局长，是天桥的徐书成。他弟徐书东，是我的同学，其时任林业局法院的一名科长。徐书东工作以后，口音就变了，变成他母亲的口音。他上班时操着怪异的乡音，许多话是古语，你要是细听，能听出许多精妙。他承袭了他母亲说话的风格，杂以一惊一乍的大呼小叫，杂以口技般的偶尔呼啸，让你根本无法辨析这是一个何方人氏。他可能就是古人投胎到了现代，失望又徘徊，可惜回不去了，姑且逗留吧。

吴庆森击杀十余头野猪，法院裁定吴庆森精神病，他的行为不负刑事责任，民事赔偿，酌情由家属承担。最后哇哇叫的医疗费用与死亡野猪相抵。老冯头咬住枪支来源，要求法院给出明确交代。法院的交代是，一百万老冯头不用赔了。老冯头说："我可以赔付一百万，那枪是哪来的？这不是简单的钱的事。"

徐书东说："爷咧，就是简单嘛，就是钱的事嘛。精神病人，枪是捡的还是拾的，不是想怎么说就怎么说嘛。"徐书东弓下身，轻轻摩挲冯爷爷的大耳垂，说："神明有眼——你长命百岁。一百万不要就是认输了，神明有眼，神明比法院大哩。"

老冯头说："你这个公家人，咋东一耙子，西一扫帚，话不往点子上说，净和稀泥？"徐书东的脸，紧起来，长长吁了一口气。老冯头嗅到暴马树散发的清苦，他挪开徐书东的手，好像挪开暴马树上伸出的悲伤的枝蔓。老冯头拍拍徐书东肩膀，说："年纪轻轻的挺起腰杆，你别看铅云坠着，天，塌不下来哩。"

这件事就这么稀里糊涂先搁置在一边了。

野猪伤人事件以后，老冯头就消失了，饲养基地由洪小月全权负责。该事件起初给洪小月带来的冲击是无法想象的。她想，这样荒唐松懈的判决，这样的漏洞百出，就像一道洪水泛滥的堤坝，管涌细细地往外蹿水，但是管涌里面要是套上一个管，水从套管蹿出，不伤及坝体，反而形成别致的喷水装饰了。哈，美丽的管涌！

小月在事件的挤压下，一度想放弃、逃遁，逃到南方肖爸那里去，可是留下冯爹，孤单衰老的小老头，他怎么抵御这世事暴躁的激流？让他搂着传统驯良的木头在齐天的洪水游泳？那老头该多可怜呀，那他还要我这个女儿做什么呀？还有那些不谙人世险恶的天真猪娃怎么办呀？洪小月在给自己打气，坚持，坚持——耶！她曲着右臂，攥着拳头，像所有动漫片里的励志少年那样尖叫了一声。

2

双龙早晨起来就开始打电话，贾书记的电话嘟嘟的没人接，蒋恕的电话也嘟嘟的没人接。他往自己的脚上穿旱冰鞋，穿好了，一划，腿就不听话地分开。他想把腿并拢，可是脚脖子软塌塌的，像小儿麻痹一样不听话。

双龙突然发现滑不了旱冰了，岂止是滑不了旱冰，连正常走路也走不了了。他的脑子混沌起来，鼻涕眼泪稀里哗啦流下来。他把头咣咣地往墙上撞，撞了一脸血。下午，双印从断手那里买来一副拐杖，说："先拄拐吧，不行的话，给你买轮椅。"

双龙在黄昏时分，拄着拐杖走出天桥镇。

双龙穿一身踢足球时穿的白色运动服，梳着背头，身体挂在一副电镀的银色拐杖上，一悠一晃，像一只硕大无朋的自由海鸥，在公路上飘飘荡荡。双龙此时瘦削轻薄，年轻时曾经在全镇运动会上拦腰拔起一头黄牛，那会儿他差不多跟黄牛一样壮——此时，他像一条风干的蛤蚧，又像一架轻浮的风筝，在拐杖上鸟瞰着慢动作般的沉重岁月。

人都有慢动作，比正常动作慢半拍，这意味着什么呢？意味着有问题，脑子里面有想法了。比如臭三保揸时故意把脸憋红，比如阿泰诈底时手指会下意识地捅一下眼镜，比如棚灰A底时用手死死捂着底牌……这里的"憋""捅""捂"，其实都是赌博里的慢动作。这个慢了十分之一秒，甚至百分之一秒的动作，你要是看不出来的话，怎么能不输呢？

那时我还没有离职去南方，一次在酒桌喝多了，顺嘴胡诌的赌博心得。当时双龙非要拿本子记下来，一个劲儿说："忒经典了，怪不得我总输。"

双龙现在心无旁骛，像一只称职的钟摆，身体在拐杖支撑的弧度间自由摆动。

双龙的实在身形在拐杖间晃来晃去，双龙虚拟的身形吊在咫尺前方，这身形肥胖臃肿，拉着后面轻飘飘皮影似的双龙。此刻的双龙更像是飘舞的风筝，更像是放弃了沉重肉身的幽灵，凭借着黄昏的柔风，尽情舒展着褶皱里的疲倦。双龙有一度几乎离开了地面，腋下夹着拐杖轻盈飞翔，虽然这飞翔仅在瞬间，倏忽的一个趔趄丝毫没有影响他跨越积满陈年落叶的沟堑。

双龙来到四方山那个枪毙人的河边沙丘。有一年枪毙一个叫郎子林的罪犯，他是双龙的朋友，强奸杀人，被判死刑。当时双龙骑着摩托车送行，他看见郎子林跪在一个沙坑前，法警戴着黑色口罩，端着的步枪，顶在郎子林的后脑勺。就在法警射击的一刹那，郎子林站了起来，子弹打在他的肋下。郎子林跑了几步，回头冲法警做鬼脸。法警既惊骇又气愤，上前补了好几枪，郎子林才倒下。据说法医解剖时发现，郎子林比正常人多两条肋骨，他能扛起长六米直径五十厘米的原木。还有一个叫赵宝义的强奸杀人犯，当时吓得堆了，被法警像拖死狗似的拖到沙坑前，一枪，栽那里，腿抽搐着蹬了好几圈，好像他是在马戏团的自行车上，因为初次上场，紧张得动作有些变形。

双龙跪在白色沙丘上，用拐杖抵着脑门，月光挥洒，双龙嘴唇嚅动，发出一声："叭！"

虚弱使双龙汗流浃背，虚弱派生出的虚幻，现在支撑着他。那些罂粟颗粒，就像镶在这虚幻车轮内的滚珠，虽然滞涩，但是可以维持起码的转动。双龙摸出一只玻璃瓶，取下瓶堵，往嘴里倒进一些罂粟。在中国乡下，罂粟曾经被描述成神奇的仙药，说小儿肚子疼，吃几粒就不疼了。双龙脑瓜仁疼，眼睛也花了，整个人像踩在泥塘。双龙觉得身体里的骨头像莲藕在变弯，自己的脏器像多眼莲蓬，呼呼漏风。双龙又往嘴里倒进一些罂粟，过了一会儿，他看见一轮满月升起——满月的烤饼金黄，有一小块略微黑糊，像抹上去的芝麻粒。

靠罂粟原始的颗粒支持，尽管来得慢，双龙血液的潮汐还是苏醒了，复活了。他饿了，趴在一条沟渠的斜坡，像一只生猛的野猪，掠食着夜风吹拂的野菜。婆婆丁，还在鲜嫩的生长期，没有开出行将衰老的黄花；甚至还有经年未见的鸭子嘴，还有猫爪子！双龙大口吞食着婆婆丁，把鸭子嘴和猫爪子卷在衣襟里。

要是有一袋酱就好了。双龙走进村口一家小卖部。主人正准备晚饭，他要了两袋酱，然后让人家顺手蒸几只玉米饼子。主人惊奇，这年头，再怎么不济，还有人得意这口？见主人犹豫，他从袜子里拿出一张红票子，扔过去。老赌棍派头。主人高兴了，噼噼啪啪饼子落锅，不大会儿热气腾腾端上柜台。说："不好意思，玉米面本来是预备喂猪的。"突然觉得说漏了，捂着嘴。见双龙不在意地笑，也跟着笑，讪讪地。就补救似的，把双龙衣襟里的鸭子嘴、猫爪子，放开水里焯了，攥干，装进一个塑料袋。双龙道谢要走，主人的殷勤劲儿还没过，说："酱，酱我再给你炸一下。"双龙说："我火大，生酱就好。"

双龙吃了罂粟，吃了婆婆丁，现在他又吃了两块玉米饼子，猫爪子蘸酱，身上有力气了。鸭子嘴让小卖部的娘们儿煲碗汤就好了，里面打只鸡蛋，喷喷——这东西蘸酱有点儿泻口。

双龙最初是搞木材起家的。天桥林业局，那时有两条铁路线，跑的是森林小火车，一条当地称为老沟，林业局建局时的运材路线；一条当地称为新沟，老沟采木头采了十年了，外面的木材需求供不上，就另开辟一条采伐路线。现在已经看不出新老了，运材线由铁路改为公路以后，实际上林业局考虑的是运输成本，它透漏的信息是明显的，木材难以为继，已经从节约上着手了。

老沟还是新沟，双龙闭着眼也了如指掌，此番取道老沟，直奔二股流的橡子猪食堂。听说是老冯头新近搞起的名堂，用山上野生的橡子养的猪，虽说也是家猪，是过去的短吻黑猪和乌克兰大白猪，但养殖时间不到一年，是不许出栏的。老冯头被林业局局长徐书成，新任命了一个奇怪的官职，叫山长。体制的范例里从来没听说过这样的官名。地区报纸印着老冯头的照片和采访，脸蛋黑里透着橡子的褐色光芒，像一块永不衰老的诡秘化石。

让双龙好奇的不仅仅是橡子猪食堂，虽然据说这里已经开始运营，而且一启动，八方之士纷至沓来，有不少背包客在网上搜索到洪小月那里。河道的野猪先就羁绊住一批南方的游历者，洪小月疲于应酬，焦头烂额，直到老冯头的饲虎祠挂牌——这也是双龙此行要抵达的目的地。

即使对于老牌的林区，老虎的出现，也是一个新得不能再新的新闻！几十乃至近百年，老虎不是作为林区的象征，因为它不像野猪、黑熊，几乎就是不可企及的神话。

老冯头童年在山上看见过一次老虎，老虎跟在一群野猪后面。当时野猪冰雪上的蹄印踩得溜光，老虎跟着猪群，蹑脚弓腰。野猪察觉了危险，发愣，抿耳朵，然后突然疯跑起来。老虎在一棵风倒木后边蹿出来，在野猪跑惯的溜光的冰道上滑倒了，滑出去有七八米远。老冯头说这时他看清是一只老虎，不过它趴在那里半天没有起来，眼瞅着猪群跑远。那是一只年老力衰的老虎，它张着嘴喘息，我看见一颗牙齿歪倒在牙床上。

林区数十年看不见老虎，就像看不见传奇一般的八两山参，仿佛它们真的化为隐世童子，成为书本里的永久童话。

橡子猪食堂原本也是老冯头突发奇想，他想在旋风似的现代生活植入一个慢节奏的模板，换句话说，他想延缓生命快捷的步伐。老冯头看过一朵野百合的盛开。阳光颠簸的盛夏的草甸子，早上它们还拘谨，不肯展露暗藏雀斑的脸颊，但是不到中午它们就不能自持地绽放了，在炽烈的阳光下，晕眩地轻轻摇晃。它们的快乐生涯只有短短一瞬。快！乐！老冯头看过一次就再也不敢看了。这是短促又揪心的惆怅，而生命要的是艮揪揪的皮实哩！

　　老虎，只是存活在老冯头的记忆里。现在谁要是提起老虎，人们想到的八成是报纸、电视上的政坛老虎。把这些人比喻成老虎，也真是坏了老虎的威名。老冯头的橡子猪，那些日子隔三岔五就少一头，林子大，开始老冯头也没想别的，以为跑哪里耍两天，还会回来。一天老冯头发现血迹，知道出问题了，但是也没有想到真正的元凶。老冯头寻思，最大的可能是狼，应该至少是五六只数量的群体，要不不可能有这么大的食量。那是春天，很难从野兽的足迹辨认，它们干得干净利索，几乎没有留下有价值的线索。你要说老冯头心疼吧，倒也没有，反而有一丝莫名的兴奋。养这些家伙原打算是供人食用的，狼崽子来叼一口怎么了？说明森林还活着哩！

　　四月的一个夜晚，老冯头起来撒尿，他看见橡子猪食堂的台阶上，一头巨大的野物叼着乌克兰大白猪的脖颈，它的身边还站着一个幼小的身影。当时天上半弦月亮倾吐幽晖，老冯头看见野物的眼眸，仿佛一头善良忧伤的母牛，他甚至看见鼓胀的乳头包裹着温热的奶浆。老冯头用线衣袖子擦擦眼睛，一头斑斓猛虎定格在清白的月光下。老冯头往前走了一步，老虎没有动，幼崽也没有动。这时吹来一阵轻风，轻风输送的不是老虎的气味，而是犹如余烬般的老虎体温。

　　老虎轻巧地衔着乌克兰大白猪上山了，幼崽跟在后面，回头望了望冯爷爷。老虎没有啸叫。老冯头伸手摸了摸额头，烫手。

是我发烧，还是老虎发烧？

刘革像一只蚂蚱，在四月的山涧蹦蹦跳跃。她饿了就吃去年残留树枝的野果，渴了就咕咚咕咚地喝漂着冰碴的泉水。刘革的头发白了，富于弹性的脸膛变得干瘪瘦硬。她伏下来喝水时，屁股触目惊心地耸立，好似一段木杆挑着她的裤子。刘革在断手外甥那里过着忧郁的生活，每天伴着她的，是范道平蹲在灵巧划子上的灰暗身影。人可以一夜白头，过去我是不相信的，其实那不是数学意义上的忧愁的总和，而是痛苦的诗性蜕变，恍惚之间江山改变了颜色。刘布和徐书成从林场调走后，刘革匿下姐姐广播室的钥匙。她经常在午夜潜入灰网密布的狭促空间，对着裹着红布的幽暗百合（话筒）情话绵绵。清晨走出广播室，头发梳得水光可鉴，羞赧地用目光扫着路人。外边的喇叭整个晚上没有发出一点儿声音，只是那个摆设似的话筒在沉默地迎合她冗长的倾诉。现在她在山川朗朗的月光下踢一个带刺的果核，她灵巧地转动着腰肢，长腿起起落落；她的厚唇叨叨咕咕地数着数，汗滴顺着软弱的刘海淌到高挺的鼻梁。

3

洪小月急于见冯爹，这老头简直是疯了，被人家封了个山长，就以为自己真是山中的老大了。洪小月开着皮卡，沿着运材线，一路向二股流进发。车过张店林场时，小月想，这是妈妈的故乡呀，山冈上的树木不再像蓊郁的梦境，但是还有那么多的桦树，还有苍老的榆树，榆树上偶尔飞起度过了漫长冬天的乌鸦。乌鸦的翅膀下面是暂且荒芜着的麦田，麦田这边的斜坡下面，是一个大大的院落。院落里一栋高大的砖房，砖房的门外面挂着厚厚的棉布帘子，好像初春的老人仍旧戴着御寒的毡帽，这是供销社。小月停下车，熟谙已久似的，去后院的井里打上来一桶水。小月用水瓢喝下带着冰碴儿的井水，抬起头来，眼睫毛紧紧地挂了一层霜。小月说："谢谢，走了。"跟在她身后的售货员满脸疑惑地摇摇头。小月去了奶奶家，碰了个大锁头。她向远处的山冈望了望，一片静寂。她想，奶奶可能是去爷爷的防火塔了，就把带来的吃食挂在屋檐下。

小月从奶奶家院子把车开出来，到了供销社前面的马道口。这里过去是小火车和公路的交会处，现在火车道也变成了公路，这是山村向城镇靠拢的一个步骤吗？小月有一个固执的印象，在东北林区，山村和城镇不一样，区别就是山村跑小火车，而城镇跑汽车。这种奇思怪想也不知是怎么来的。

相对于小火车来讲，马道口显得更加古老。想想看，马道，必是跑马之道，它的源头在哪里？至少在清朝吧。小月把车停在路口，胡乱地猜想一气。这时她看见一个戴着老头帽，背着一只背筐的人，打量着汽车里的她。人极矮，就是那种称作侏儒的矮子，像韩国猪场的爷爷，像冯爹。小月对侏儒有一种天生的好感，于是问："叔叔，你认识我吗？"

这是小馊，也是三十大几的人了，面皮却像儿童般稚嫩。那么，小月凭什么叫他叔叔？这就是毡子老头帽的功劳了：它看起来至少在这个人的头上戴了三十年了。不是脏，也不是破，是毡子磨得露出了白色纤维，像某种勤俭的鸟搭建的一劳永逸的巢。

"是翔子的闺女吗？你要去县城，还是二股流？"

"你认识我爸——我想去饲虎祠找冯爹。"

"冯爹，看看，开口就比俺大一倍——老冯头现在是山长哩，了不得哩。"

"馊叔，我看你闲着，给我引路好不好？"

小馊的脸有点儿红，说："引路小意思，有个事，你肯不肯帮衬？"

"啥事？"

"能不能跟你爹通融一下，给俺封个官？"

小月笑，问："啥官？"

"副山长，就是山副。"

小月又笑："那你会做些什么？"

"俺会的可多了去了，这么说吧，山菜野果，无所不知；飞禽走兽，无所不晓。最主要的咱有一门绝技——"小馊这时把背筐扔进车厢，短腿一旋，坐在了副驾驶位置。

"什么绝技？"

"养小老虎呀！飞鼠子别人放在笼子养，俺在早上打开笼子门，晚上它自己乖乖地就回来了。"

"野牲口比猫还驯服？"

"猫算啥，猫是虎师傅，树上的飞鼠子、花狸棒子是猫师傅——俺是什么位份，你自己寻思去吧。"

小月觉得遇见了民间高人，不是那种三吹六哨的咋咋呼呼，尽管听起来有点儿玄，还涂着点儿庸俗的官迷色彩——可是，多么可爱的山野气质啊，那点儿隐藏的小心眼任谁也不愿戳破的。小月一踩油门，小馊靠在了车座的背上，他着实紧张地抓着车座的边缘。小馊说："闺女，慌不得，好生溜溜沿途光景。"

经小馊这么一说，小月心里有数了，是呀，着什么急呢，冯爹是想见就见得着的，可是这山里的风光，还真就没有细致地瞻仰。这里是我的根，但是我一直是茎上花，只知道花上的蝴蝶、蜻蜓，对根上的须呀，泥呀一无所知，说来不是惭愧吗？车出张店了，大河还在，牛棚没有了，这个，小月是不知道的。小馊极目往河面张望，要是下雨，他可能会看见河道上漂着的棺木，父亲坐在棺材头钓鱼。可是晴好的天色阻挡了他的回忆。车过火锯场了，日本人用高号水泥铸就的倾水斜坡还在，水流激越，斜坡下端，吊着一小截瀑布。电锯还在隆隆尖啸。小月堵上耳朵，小馊瞅着小月直笑。他们不知道，这尖利的呼啸，多年前曾麻醉了一对少年男女的骨头。

近五月了，公路两边的山坡，嫩绿嫩绿，只是偶尔晃过一片遒劲的苍翠——红松。这是滥采滥伐年代的幸存者。它们当时看起来也许不够挺拔，被弃置在采伐者的目光以外，因此存活下来。而一块一块的落叶松林，像补丁补缀在山坡：封山者知道什么树长得快，易成材。

小月问："长得快，伐得也快，不是又秃了？"

小馊说："间着伐，地里的菜你见过吧，比方芹菜，挑壮的先掰。"

小月说："那么，那些珍贵树种，百年成材的，有人种它们吗？"

小馊说："有呀。"

小月问："谁那么不计眼前，不计得失？一辈子可能都看不到它长成；想想这个人真够伟大。"

"鸟。"小馊嘟囔一声。

"馊叔，你在骂人吗？"小月有点儿生气。

"鸟衔了鱼鳞松、美人松的种子，往土里一丢，噜噜噜噜——不信一百年以后你来逛逛，一片快活林。"

"馊叔，你真能揶揄人。"

"我噎人是吧？其实人没鸟伟大，人就是鬼大。"

小月咧咧嘴，想笑，没笑出来。忽然说："最伟大的是没有私心的风。”

小馊翻翻白眼说：“不愧是翔子闺女——这就是你们说的诗，对吧？”

车转弯，看见一个人，在路中央悠荡。这个人吹着松松垮垮的口哨，腋下夹着一副拐，身体大幅度地前后摆动。小月鸣喇叭，他没有往路边躲，扭过头，额上亮晶晶的汗水让他眯起了眼睛。

“大叔，去哪儿呀，上车吧？”小月停车喊道。

这是跋涉了三天的双龙，三天来他风餐露宿，二股流的饲虎祠，已经胜利在望了。双龙穿着背心，两腋下方，被拐杖磨破了皮肉；现在他默立路边，麻木的表情丝毫看不出汗水侵浸的疼痛。

双龙说：“藏族人能磕百里长头，咱拄个拐溜达溜达，有什么了不得。”

小月不知双龙底细，但是能感觉到，他也是奔着饲虎祠去的。就下车给了双龙一包吃的。小月甚至噘起嘴，想吹吹这个壮汉肋上的伤痕。小月上车，说了声：“祝你好运！”按了一下喇叭离开了。双龙拄着拐杖紧追几步，把那包东西掷进了车厢。

小月和小馊承受着车窗外的暖阳，和风运送着山坡上草树的气息，小月张大嘴巴，下意识地做了几个深深的吐纳。小馊说：“闺女，你看那灌木丛里是什么？”

在百米开外的半山腰，是低矮的成片的灌木，一条灰色的阴影，在灌木上闪跳。阴影好像被柔韧的灌木弹起来，自由舒展，快速地移动着。

"狍子吗？馊叔。"小月问。

"嗯，脖子上要是没有那条红围脖，瞅那长腿，真就是狍子——谁家女子，大开春的在山上疯跑？没个体面！"小馊嘟囔着。

小月才发现阴影脖子上的一抹红，而这时，阴影跃动得愈加迅疾，脚踩弹性十足的灌木，一蹿一蹿地像在飞。

小月觉得山区的这个春天有点儿诡异。野猪彻夜哭嚎，老虎神奇般降临，鬼魅似的馊叔，偏执的瘸子，现在是——恣肆飞翔的女巫。

小月的手心有点儿汗湿，有那么一会儿，背上的汗毛像初生的蕨菜，惊骇地卷曲着。她马上又摇了摇头，自己的想法怎么如此荒诞！小月抱歉地冲馊叔笑笑。

小月此刻看见的女子根本不是馊叔所说的疯跑，而是真真切切地在灌木丛上飞翔。小月清楚地看见了鲜红的颈翎，眼睛上方细密的白色羽毛。这是白头发，妈妈的样子在心头一掠。小月晃晃头，揉揉眼睛。那只大鸟又飞起来，开始像啄木鸟，双翅收束，像抱着什么东西；后来像遇见了风的鹰，双翅平展，了无牵挂。小月看见大鸟在山腰飞翔，她轻轻摇着方向盘，盘桓的大鸟始终悬浮在侧前方。

双龙赶上来了，步履如飞，甩动着腋下的银亮手杖。

小月加大油门，风灌进车体，小馊的手不知什么时候松开了，两条短腿晃荡着。

"穿林海……"小馊唱了一句，又抿住嘴。

小月说："好听，馊叔接着唱啊。"

"跨……哦，没雪。"小馊捅捅光秃秃的毡帽，说。

<h1 style="text-align:center">4</h1>

老冯头有一天脑瓜皮嗖地一蹿，里面像有一条蚯蚓，不，像蛇蛋里滚出的一条小蛇，凉飕飕爬进心窍：蛇信子放肆刺探，奇痒难耐。

卖掉中学，连同那里新盖不久的猪场，连同那些猪娃；在橡子猪食堂后面，立一座庙。猪娃现在被装在一张网里了，本来希望舒适安全，但是它们成了网中鱼，俺老冯头作孽呀。立庙的事，老冯头可以说突发奇想，类似诗人有了怪异的灵感，绕着桌子凌乱地踱步，还不知道诉诸笔端，是什么一副奶奶样——老冯头也不明白为什么想立庙，为哪个立庙，立它做什么。宛如一个突兀的意象无端闯进诗人的脑海，显得那么孤立荒谬。老冯头又想起铁网里的猪娃，想起它们呆呆愣愣的眼神。他的小嘴瘪着，泪水流到下巴上。

徐书成打来电话，说："中学、野猪，我都要了，三千万。你让贾秀途他盖托儿所吧！"

老冯头说："甚托儿所？"

"庙呀，你那头母老虎不是领着个崽吗？"

贾秀途就急吼吼上山，在橡子猪食堂后面，抢修工事一般盖起一座庙宇。匆忙竣工后，他对老冯头说："爷，你给起个名呗。"

老冯头一时想不出，贾秀途知道，只是客气客气，其实心里早有了谱。他说："叫饲虎祠怎样？"

"养老虎的庙？骇人，也欠吉祥——再说老虎又不是旅客，怎知它夜里到这里打栈？"

放一张桌，像杀猪案子摆上肉，贾秀途笑。贾秀途本来想的是以身饲虎，佛教里的经典故事，其中有杀身成仁的寓意。起初设想的时候，贾秀途觉得一身悲壮，仿佛自己就是那个用肉身喂老虎的佛陀。现在悲壮从云端坠地，被这个不配合想象的、现实功用的小老头化成一摊稀泥，贾书记只剩下讪笑了。

5

珊瑚礁的色彩由鲜艳变白，珊瑚礁就老了；树木的颜色都变成一码色的黑，是它年轻吗？不是论人，黑头发，肯定是青年，至少没老。二股流都是黑皮树种，这树结橡子，但不叫橡子树，是林区最普通的一种树，叫柞树。当然不能叫老，比老难听，叫贫瘠。说你们这个山净柞木棵子，得了，木耳有的采，橡子有的拾，最多不愁斧子把，不愁米箱子，最多就是这个。想想看，林区被造害成什么样了！

小月和小馊午饭刚过，到了二股流。两水夹一路，黄色沙土路像小孩的尿裤子。工人作业用过的房子被修葺一新，木刻楞抹了新泥，门窗的塑料布换成玻璃。中央又矮又长的一座，横挂一块黑底白字的牌匾，草书着几个字：橡子猪食堂。食堂前面停着几辆车，车之间的空地有一群鸟，见两个人走过来，一副全然不怕的样子，也不飞。小馊说："酥雀哩，好久不见了。"老冯头不在，几个人骑在条凳上打扑克，根本不看小月和小馊。窗子开着，一只酥雀站在窗台，啾啾鸣叫。一个打扑克的人站起来，小馊的手拉紧背筐带，那个人瞅瞅小馊，见他双目有如凶恶的狸猫，又坐下了。

小月沿着采伐道开车，开一段，停下来走一段。小馊没影了，小月时不时看见，大群的酥雀，在一声声尖利婉转的口哨引领下，一会儿在树梢飞翔，一会儿翅膀一偏，撒进了林子。她知道小馊在施展他那杰出的驯技。

黄昏的时候，夕阳如一块磁铁，吸引着铁屑一般的归鸟。小月看见灌木上一只硕大的蝴蝶，奋力挥动翅膀，就要接近木刻楞房子了；而一条奇大无比的毛毛虫，在黄色路面蠕动，身体斑斓，一曲一弓，那是刘革和双龙。双龙实在是没有力气了，只能匍匐前行，身上被花草染得花花绿绿，像一只灿烂的蜥蜴。

小月在夕阳里看见一个背着背筐的矮小影子，开始以为是小馊，但是那影子有一些臃肿，不似小馊灵便，还犹豫着不断回头，仿佛迟疑和担忧。

"冯爹——"

小月喊。

"小月——"

老冯头喊。

6

晚上要开饭了，狭长扁阔的橡子猪食堂，突然坐了许多人，但饭桌是空空的，人们握着竹筷子，乖乖地静坐着。

有一个阶段，人们习惯用那种一次性的木头筷子，它的起源是基于环保，环保固然环保，用过一次就扔了，浪费。用贾秀途的话说，木筷轻飘飘的，也不注重啊。他是从尊重食客的角度说的，一摸筷子，沉甸甸的，这餐肯定有分量。其实贾书记他们用的虽然不是木头筷子，也不是竹筷，是那种黑色四方的不知什么材料制作的东西。这个地区的朝鲜族，多用铝铁质地的勺筷，他们是随时准备翩跹起舞，用勺筷击打碗罐，以为伴奏。

　　有几个等待开饭的客人，翻转拿捏着筷子，有一个把筷子竖起，小心地盯着箸头。这时窗外下起小雨，竖着筷子的客人打趣说："靠，箸头要生笋了。"

　　哗啦，木板拉开了。

　　"笋子都发芽啦——好饭不怕晚嘛！"

　　一声尖喝，一个戴着高筒帽子的人率领几个姑娘鱼贯而出，臂弯上托着热气腾腾的木盘，分别往几张桌子快速走过去。

　　"这个厨子耳朵倒是没毛病！"竖筷子的客人恢复了一口浓重的南方口音。木盘里四溢的香味使他忘记了普通话，忘记了一个出门在外的人需要掩饰的地域秘密。

　　"俺不光耳朵尖，鼻子和舌头同样尖！"

　　戴着高筒帽子才到别人的脖子，斜着眼睛调皮地打量一下这个南方人。南方人又回到了普通话的音频，说："靠，又不用鼻子吃饭！"

　　戴高高的白帽子的人，是小馊。

　　小月开着车在山上逛荡，小馊耍了一会儿酥雀，就回到橡子猪食堂。他要好生筹备这顿晚餐，给冯山长留下印象。老冯头一高兴，俺这个副山长的任命，还不是小菜一碟？

　　就餐的人不知道从哪里钻出来的，有五六十人。每张桌上有两个主菜，一个是泉水花狸羔，一个是清蒸裤带肉。余下是山菜，四盘，都是应季山菜。一个白瓷盆里是新炸的酱。说说那两个菜吧。一个鱼，一个肉，本来也没有什么稀奇的，但是上面铺着一层纤细银白的干草似的东西，夹一根放嘴里，滋味绵密悠长，必须要呷一口酒，或扒拉两口饭，借以覆盖对它的咂摸、回味。鱼和肉的下面垫着微小的猩红色叶片，挂着黏稠的汤汁。那个南方客人忍不住嚼了一片叶子，入口即化，汁液从嘴角淌下来。他不好意思地用舌头舔了舔，又用纸巾揩了揩。还要说说那盆酱，那可不是老冯头在学校食堂惯吃的鸡蛋酱，是雀脯酱，里面拌有辣子和不知道什么名字的细碎花果。吃山菜的辅料一度成了主菜。尤其是双龙和刘革，盛一小碗酱，端着，放鼻子底下贪婪地闻着，半天，用筷子戳一点儿，然后嘬筷子。两个人可能是发现了自己的可笑，互相瞅瞅。刘革举起筷子，筷子在桌子上方游行一圈，最终又端起小碗，盛酱。双龙低声说："别龅着。"刘革白了他一眼。

两桌喝酒的人几乎忘了酒，手里的杯子悬着，像采榛蘑的孩子，专心地翻弄眼下的杂草。一会儿两个看起来不认识的人，碰了一下杯，说："干！"一大杯啤酒和一小盅白酒，都见了底。

小月搀着老冯头走过来。看见小馊，老冯头说："把高帽摘下来。"小馊双手端下帽子，身子顿时矮了半截，鬓角都是汗。

"哪儿来的地出溜啊？菜味倒是精到，老远就从烟囱里闻到了。"

听老冯头这样问，小馊一时不知怎么回答，俺家，老冯头肯定知道。俺妈早死了，姥爷才死不两年，俺爸还活着，背着鱼篓，早出晚归地钓鱼。

小馊答非所问，说："爷，俺想给你当个跑腿的，不知可够格？"

小月说："馊叔想做你的副手哩。"

小馊勾着头，用脚画着地。老冯头背手，哈腰，从下面看小馊的脸，那张脸竟涨得通红。

"地出溜'咕洞'（东北话，蔫咕洞，坏），不过看你做菜，倒挺能'鼓捣'。"老冯头环顾了一下大厅，貌似征求地说："客人们同意他做山副吗？"

吃饭的有人听到老冯头的话，问："山副是啥？"

小馊甩甩袖子，对着老冯头做了个长揖，口中高喝——

"张店滕丰收，天桥副山长的便是！"

吃客皆惊异，以为到了梁山。

7

翌日小馊下山，他要回家安顿一下，取一些趁手物件回来。

上午九点，盘山公路开来一辆军绿色的卡车，晨风猎猎，吹动卡车上胡乱飘摆的红旗。车厢里伫立着身着军装的人，柳条草帽压得低低，几乎遮住了眼睛。卡车接近橡子猪食堂，突然放慢，副驾驶跳下一个人，看形体是女的。再看草帽，边沿居然嵌着那么多野花，看来是个女的无疑。腰间扎着一条军用皮带，她抻了抻衣襟，一边退着走，一边对着车厢打了个手势。鼓号顿时大作。

老冯头披着外衣跑过来，一边跑一边问："咋回事，又备战吗？"

路边散步的客人瞅他笑。

"'文化大革命'又来了？"老冯头开玩笑的时候满脸正经，弄得散步的客人收起了笑，神经质地搔着脖颈，好像在抚慰这场"革命"遗留的痉挛。

跑步，端着胳膊，手放下，冲老冯头打了个严正的军礼。

"报告冯山长，天桥镇'慰虎团'文艺小分队向您报到！"

"你是——"老冯头伸出手想要和这个戴着花哨草帽的姑娘握手，披着的外衣却落到地上，他哈腰捡起来，摘着衣服上的草棍。

"队长丛一人！"

"啊，明白了，组团喂老虎，好由头。"老冯头穿上外衣。

丛一人的脸明显胖了，但是眼角挂着不易察觉的鱼尾纹。她认真地纠正道："不是给老虎喂食，是慰问老虎，给予老虎精神抚慰。"

"哪个的主意？"老冯头问。

丛一人以为要得到老头的夸奖，不敢掠美，说："贾书记。"

"馊主意，啥精神抚慰？纯粹精神病！老虎只认得肉，以为它是高山隐士呀，高山隐士那也得琴呀，瑟的，没你们这么锣鼓喧天的。虎躲得远远的。"老冯头生气了，背着手往山上走去。

热脸贴了个冷屁股，丛一人挥挥手，鼓号停下来。一个小姑娘嘟囔着："丛队长，人家不买账，咱还是回吧？"丛一人说："回你个头，虎毛还没摸着一根哩！"

三天后小馊回来了，其时正是一个热浪滚滚的黄昏。小馊穿着一件迷彩服，一条黑色的四眼狗跟着他，头顶飞舞着一群唧啾鸣啭的酥雀。小馊还是背着那只背筐，上面横着一张弓。他的胸前别着一枚徽章，徽章上印着"副山长"几个字。小馊坐在橡子猪食堂门前的一块条石上，用帽子在胸前扇着风。酥雀散落在灌木丛里。四眼狗蹲在旁边，耷拉着长舌头。

食堂门口旋出一股掌声的热浪，和外面的热浪交融，扑在小馊脸上。里面是"慰虎团"在表演。《李逵探母》《武松打虎》《智取威虎山》《奇袭白虎团》，都是和虎有关的京剧选段。县剧团一个看起来挑大梁的角色，使出了浑身本事，穿一身军装，脸上淌着细密的油汗——可是唱着唱着，还是露出了"二人转"的底音。小馊突然有一个音色以外的疑问，《奇袭白虎团》有老虎吗？

小馊站起来，夜色凉润一些了，他抽出横在背筐上的弓，搭上一支箭，短臂屈起，呼，锃亮的铁箭钉在远处的一棵松树上。

小馊夜间，头戴养蜂人的帽子，睡在一棵大树上。蚊子是不怕了，但是小馊还是没有入睡，像一只机警的猫头鹰，谛听着夜幕下的每一丝声音。白天小馊鼾声大作，老冯头和小月看见他的帆布帐篷微微鼓着，包裹着饱满而轻盈的气流。爷俩就笑。老冯头拉着帐篷的绳，好像一松手，小馊就会不受控制地飞到九霄云外。小月用手指堵着耳朵说："呀呀呀，拖拉机一样的呼噜！"

小馊有一天夜里在树上睡着了，一瞬间梦见一座巨大的孤岛，一人多高的海龟无声地爬行，一群面貌奇异的狐猴在树枝间引颈长鸣。惊涛耸起，擎着一头孤独的海豹——海豹的脖子上骑着一个小女孩儿，长得像极了童年的达瓦拉。

小馊惊醒，浑身汗湿，他看见饲虎祠大门洞开，烟雾氤氲。小馊溜下树，向大门靠近。过了一会儿，门口出现两个影子，像两块炭火，小馊感到了明显的炙烤。那是子夜时分，天气凉爽，让小馊惊讶的是如同置身正午的骄阳下，炽烈的高温使小馊不得不用双手蒙住脸颊。

"终于等到你们了！我，终于，看到，老虎了！"

小馊猫下腰，下意识蹲下，他甚至看见小老虎像一只调皮的幼猫，在母亲身前蹦跳了几下，然后一跃，跳到它的背上。

老虎母子离开了。小馊快步走进饲虎祠，看见条案上为老虎摆放的猪肉纹丝未动。阿弥陀佛法相庄严。小馊拎起一条猪腿，回帐篷里煮了起来。太阳升起，小馊睡下，酒气熏天。

"慰虎团"做出知识青年上山下乡的派头，赖在这里，不走了。他们选了两栋宿舍，一栋男的住，一栋女的住。

清早，女孩儿们在洗床单，不，是褥单，因为没有床，一个屋子就两铺炕，中间一面红砖砌成的火墙。

青年人觉得十分新鲜，刚住进来时，烧起炕，点起火墙。一群女孩儿往热炕上一躺，惊叫："妈呀，舒服死了。"后来火墙的温度也上来了，像桑拿室。女孩儿们仅戴着胸罩，穿着裤衩，盘腿坐在火墙两面的炕沿上，汗水顺着两颊奔淌。那是五月，深山乍暖还寒，尤其夜间，还挺冷。

丛一人说："死老冯头，这么愉着的所在，他一人岂能享受得了？咱不走了！"

一个女孩儿说："丛队长，这地方好是怪好，可是不能洗澡，待下去，还不馊了？"

"姐领你们去洗山泉好不好？"丛一人说。

女孩儿说："姐，你要杀我们吧？才几月呀，山泉冷如刀。"

丛一人说："也是啊——对了，给我姑父贾秀途打电话，派人盖个澡堂子！"

就拨手机。"喂，贾书记吗？小老虎要戏水——你别老玩虚的，云里雾里，虚头巴脑，实的惠儿的好不好？"

电话里说："又不是龙，戏的哪份水？"

橡子猪食堂下面的路口，有人蹲在路边卖山菜，脸上蒙着围巾。小馊觉得新鲜，想到这么多人在食堂吃饭，靠食堂那几个人现采，已经供不上用了。谁的脑瓜这么好使，买卖做到了山上？小馊背着背筐走到跟前。

各种山菜码列着，贼愣愣的新鲜。

小馊说："这个来三斤，那个来五斤，哎，这个八斤，这个全要了。"

等她称。

旁边站个男的，递过秤。这个男的拎着一把崭新的秤，站在女的旁边，手是白的。

女的说："谁稀罕你的秤？"女的手是绿的。

男女面上都系着围巾。

女的伸手抓了三捆，五捆，八捆。最后那个"全要了"，她掐着掂了掂，说："有十斤半，得，算十斤。"

小馊惊奇，掏出弹簧秤，分别勾了勾，不差分毫，不禁说："咦，还真能耐。"

女人围巾上的眼睛斜睨一边。如果摘下围巾，肯定应该看到她因为得意撇着嘴。

小馊向食堂走去。女人晃了晃脖子，甩甩手，说："做罐头俺都从来没用过秤。"

男人直眉愣眼。这时有外地要离开的客人买山菜。这是一个认真的南方人，非要用秤称。

"这回用着你了。"女人说。

"我不会看秤。"男人说。

"我也不会。"女人说。

"还是用手抓吧。"南方人说。

山菜转眼售罄，摘下围巾，两张大脸，刘革，双龙。

饲虎祠毕竟是贾秀途想象的产物，或者说，是他试图与徐书成制衡的产物。其实也不是非要和徐书成争个山高水低。他当一父母领导，上的每一个项目，里面都有想象的水分，甚至有与事业相悖的个人义气（比如那个电影院）。一个是企业，一个是地方，虽有利益交集，但好像是两股道上的车，各跑各的而已。

在仕途上，就是俗话说的升迁上，地方显然比企业更为便捷，贾秀途用在这方面的思虑不可谓不多，比如新官上任三把火，比如这几年的兢兢业业。可是贾秀途并不顺利，尤其近来的从政环境，你没有迥异又实在的业绩，光靠几把火，弄不好会烧了自己的眉毛，瞻望就没有了，剩下不死不活的观望。

那么，隔岸观火吧，他看见的火堆就是徐书成。徐书成完全就是官界的票友，他的信念也许真的不在官阶上，他不是要出人头地，做头顶顶着光彩熠熠松塔的红松，他就是一棵核桃楸子。本来是黑不溜秋靠边站的命运，反而屹立不倒，在植被荒芜的年代一树独大。嘿，你还不得不佩服这家伙！

官场上的习性，就像鱼鳞，长在贾秀途的身上，但是他不愿意游了。现在他想变成一只鸟，他也不知道为什么。怎么变？他竟灵感乍现地想到了佛陀。有一点点明了，原来俺贾秀途还是可救的，原来俺贾秀途还是深具佛性的。

8

老冯头这个阶段一直躲人，躲橡子猪食堂的客人，还——躲小馊。客人吃饱喝足了，提溜出相机，四处照一通，美则美矣，觉得没有中心，没有点睛，没有升华。听说这地方有老虎，要是把老虎聚焦在镜头里，那叫纪念，也不虚此行；老虎看来难得会见，客人就退而求其次，想见老冯头，可是他们在食堂看不见这个小老头了。

小馊也想见冯爷爷，他还没有汇报看见老虎的事，可是他的作息时间颠倒了，不得空儿。有一天半夜，他看见冯爷爷出来撒尿，就从树上溜下来，跑到冯爷爷跟前。小馊刚想说话，老头"嘘"了一声，小跑着进屋，"吧嗒"拉灭灯。

凌晨，小馊看见树下有人影，下来，是老冯头和小月，扎着腿绷，背着背筐。

两个人在前边走，小馊在后边跟着。一会儿天亮了，走出有五里地了，鞋和裤子被露水打湿。老冯头停下脚步。小月问："冯爹饿了？"伸手在背筐取包袱，包袱里应该是早餐。老冯头见小馊吧唧嘴，绷着脸瞅瞅小馊，把包袱放回背筐。拎出水壶，仰脖灌了一气。回头看，小馊蹶搭蹶搭走远了。

又走了大约五里，山势陡峻，一片红松乌青蔽日，松下有数块敦厚石板。一束山泉，沉甸甸的毛呢料子似的，伸展着吊下来。

小馊眼尖，看见一块石板上伏着一头火焰般的大虎，一只小老虎跑来跑去，嘴里衔着一截树枝。它把树枝丢下，衔起，丢下，衔起。没有风，阳光也远未达到正午的酷烈。

三个人都趴到了草稞里。小月是第一次见老虎，她拉着冯爹的袖子，胳膊有点儿颤抖。过了足足有十分钟，老虎站起来，它好像有点热了，想进洞休息——它的洞可能就在附近。这时小馊感到了炙烤，却没有汗，手脚冰凉。

突然，一股炽烈的气流袭过来，老虎张大嘴巴，三个人把脸贴到地面。老虎呻吟似的，声音含在喉咙里。又仰起脖子，仿佛要痛快一下，一声长啸——

说树皮皲裂有点儿夸张，说地动山摇可是恰如其分。小月、小馒、老冯头，依据年龄的递增，对声音的敏感程度逐渐减弱。但是此刻，都明显感到了身体下方的剧烈震颤。

小馒站起来，老冯头和小月想拽他，没拽住。他是被虎啸震蒙了，还是震傻了？

两只老虎，两只老虎，

跑得快，跑得快，

一只没有耳朵，一只没有尾巴，

真奇怪，真奇怪。

小馒一边唱，一边伸着手往前走。老虎没有动。虎崽撅下树枝，小馒看见树枝上一个蜂巢，几只顽强的野蜂得到援助似的飞回来。

"达瓦拉，来，达瓦拉，不怕。"

老虎没有动，虎崽走过来了。

洪小月的泪水淌下来，不知道是因为恐惧，还是感动。

回到驻地，小馒病了，发高烧，说胡话。他梦见童年故乡的天空，鹰隼乱飞，蜡嘴奔驰，酥雀像米粒倾撒下来。老冯头给他煎了草药，小馒喝下，脑门凉下来。他问老冯头："娘俩可好？"老冯头说："好，这几天见天来，找你哩。"小馒说："俺饿。"老冯头递给他一个包袱，里面是"黏耗子"。老冯头笑着说："白天神经一直绷着，不是故意逗你。等到看见老虎，以为命都没了，哪里还记得吃。"小馒叼着"黏耗子"，抻脖往下咽。突然突兀地说："净身。"老冯头把菜刀拿过来，说："给，拉下来喂虎。"小馒不理他，跳下炕烧了一大锅热水。

当晚三人分别洗了澡，来到饲虎祠，焚上香，摆上果盘。小馒对小月说："以后不许人再供奉肉类。"小月点头。"然后呢？"小月问。小馒瞅老冯头，说："咱发个愿吧？"老冯头说："啥愿？"小馒说："不对，是咱发个誓。"小月有点儿紧张，脸色肃然。小月说："佛前焉得托大？爹，跪吧。"三人就跪了。

小馒说："佛祖在上，我三人日后严守秘密，如果有谁说出老虎的藏身地——"

老冯头说："天打五雷轰，死无葬身之地。"

小馒说："就让老虎吃了他。"

9

贾秀途告诉丛一人，进山找温泉。澡堂子大山给你都准备好了，只差把它找到。

　　丛一人说："那要找不到呢？"贾秀途说："只要发狠找，一定会找到。"又鼓励丛一人，这个世界，是心里想要什么，就会有什么的。就看你的心劲儿大小了。丛一人说："姑夫，您是我党好干部，怎么是迷信唯心主义呢？"贾秀途说："这不是迷信，这是力量。"

　　早上吃完饭，丛一人给大家开会，说："从今天开始大家进山找温泉。我们的澡堂子就在山里，已经被鬼斧神工建好了。"

　　一女孩儿拽着自己的衣襟，说："都酸啦。啥时能洗上个热水澡？"看样子苦不堪言。丛一人说："什么时候找到，什么时候洗。"

　　一行人顺着当年我父亲他们的采伐道进山了。可能是天可怜见这些渴望洗澡的女孩子。她们冒蒙选对了方向。就在二股流采伐基地对面的南山的后面，就有一眼温泉。热水汨汨地从地下冒出来。那里恰是一块低洼的平地。一个碧绿的热水池躺在那里不知多少年了。池水冒着袅袅的雾气，几块黑色怪石歪在池边。池边的暴马丁香开成一团团白雾。菖蒲的穗棒刚刚抽出，还是细嫩的绿色。

　　男生坐在怪石后面休息，女孩脱了外衣下去洗澡。女孩儿洗了澡，心情好起来。都赞美贾秀途，有千里眼，身在县城，就看见了这边山里的温泉。丛一人则感到自己一下子强大了起来。她把温泉拍了照片，发给了姑父。并说，姑父可以出马看病了。

贾秀途派来工人，在温泉的下方，用水泥建了一个长四十米宽十米的温泉池。然后把温泉引下来注满水池。这些姑娘更高兴了。天然的那个池子太小，而且是泥底，里面还有小虫。

"哇——"

女孩儿们尖叫："你姑父太伟大了！"

敞阔镇定的一池绿水，可以游泳了。

洪小月也来了，她穿一身紫色泳衣，看着这群叽叽喳喳的女孩儿。她们没有泳衣，她们是来洗澡的。但是，这并不妨碍她们跳到泳池里。有个女孩儿甚至凫起水来，是乡村孩子的那种狗刨，姿势虽然不雅，毕竟没负了这清波荡漾。余下的女孩儿，包括丛一人，全是旱鸭子。旱鸭子也高兴，大呼小叫，撩水，击水。击水本来不是随意击的，要把一束水推射到对方脸上，那才过瘾。可是她们就是乱击一气，高兴！

洪小月离开池边的椅子，站起来，摇着手臂。她忽然想起母亲达瓦拉，一个游泳天才，现在成了小老虎了。她有点儿恨，可是不知道恨谁。这样想着，她不禁喊了一声，淤积心底的滞气随着短促的叫喊挥发殆尽。女孩儿们顺着呼喝往这边探望，她们看见洪小月像一匹优美的海豚跃进水里。她们盯着她入水的地方溅起的微小浪花，洪小月却在十几米以外露出了头。一刹那的静寂，只有小月手臂划水的声音。

女孩儿们愣了一会儿，又渐渐恢复了热闹。几个人站在水里，其中一个说："人家是大款，在韩国的游泳馆受过专门训练——看见她的泳装没有，知道那是什么牌子吗？"几个人问："什么牌子？"其中那个说："我也不知道。""哦——逗我们玩，呛死你，呛死你！"有个女孩儿蹲到水里拉她的腿，自己却喝了几口水，挣扎出水面，拼命咳嗽。

洪小月仰泳，保持这种姿势不是卖弄，是为了不受视听的干扰。但是小月还是用余光看见了丛一人，她抱着肩，矜持又谦逊地站在水里，一直注视小月。

"干吗老瞅我？"小月游到丛一人身边时，问道。

"你游得太好了！"丛一人由衷地赞美着，"可以教教我吗？"

洪小月说："可以呀，不过，作为交换，你教我种菜。"

"俺来也——"

一声高喝，一个小矬子，拔起短腿，朝泳池跑过来。在他飞跑的过程中，引起人们注意的是他的一双矮腰的靴子，毋宁说那是一双朝鲜族风格的水鞋，靴底看起来极富粘力，让人放心地一步一步牢牢抓着地面。他的肚子上有一层卷曲的黄毛，臂膀粗壮；对比下，腰腿反而显得有些纤细。一件充满想象的紧绷绷的泳裤，绿色泳帽，疑似瓜皮。

"馊叔！"小月环着丛一人腰部的手松开，丛一人沉下，呛了一口水。

水鞋甩下，一个鱼跃，钻进水里，众皆惊讶。少顷，女孩儿们惊跳，仿佛被鱼咬。两分钟后，池角露出一颗头颅，嬉笑着吐着水。

"你会游泳？"小月惊奇。

"凫水稀松，扎猛子强项。"

"馊叔肺活量好大。"

"你是说憋气儿吗？小时候姥爷爱放屁，我在被窝里练的。"

"你蝶泳一下我看看。"

小馊就游出去，又游回来。他的腿基本不动，就靠胳膊，像海里的鲨。

"抛开动作上的弊病，我知道蝶泳你准行，臂力优异。"

"我没病。"

"我是说瑕疵——或者说任性。"

"我妈就说我任性，往喇叭花里瞎呲（尿）。"

"馊叔你欺负我是朝鲜族，搬弄谐音欺负我。"

"俺没文化，洪老师往后教我，俺先去也！"

小馊在泳池尽情复制他的童年。其实蝶泳、蛙泳、自由泳他都不懂，尤其洪小月那个高傲的仰泳，在故乡的大河，那就叫漂洋。故乡话语真是魅力深藏，多形象啊。还有那个自由泳，故乡叫作甩水。你看毛主席横渡长江用的就是甩水——在大江里甩水玩儿，你说潇不潇洒。

小馊被女孩儿围住，让他教。小馊说："俺教不得，不够高；要教只能教扎猛子，不，是潜水。"

小馊站起来，水面摇着一只手，这时女孩儿们才想起，他是个矬子。

丛一人不仅脑子灵，身子也灵，已经能够蛙泳了。

10

解决了洗澡问题后，丛一人要策划一个"批斗会"，向林业局递交了书面申请。徐书成说："我同意是同意，可是此事挺大，我同意可能是越权，你报州林管局吧，管局说得报省里，省里说得报中央。"

刘革牵着一个人，此人名叫吴庆鑫。此前他在一座防空洞里，像金庸小说里的武林高人，须发斑白。刘革和双龙来到防空洞。守卫防空洞的武警的枪弹返潮了，一名河南籍战士从胸前的子弹袋里往外抽弹夹，却抽出一叠煎饼。他的脸色白了一下，吴庆鑫差点儿笑出声。笑完说："没事，我跟二位去就是了。"

走出密林，双龙掏出一根绳，就把吴庆鑫绑上了，刘革在前面牵着，双龙从腰间掏出两支"枪"。吴庆鑫闭上眼睛。双龙说："别怕，是折叠拐杖。"说完伸开拐杖，拄在腋下。吴庆鑫睁开眼睛，说："吓唬人。"

　　走山路，刘革在前，吴庆鑫居中，双龙断后。走着走着，吴庆鑫在琢磨一件事，来世，有还是没有？地狱有还是没有？如果有，六道轮回，我还能存其一道，不禁喜从悲来。长期以来折磨他的论断是，有来世，可以来世悔过自新；没有来世，百死莫赎（哪有百死，糊弄人）。

　　"防空洞里有我的直升机，名义上是用来勘察森林火情，二位不妨请来一用。"

　　刘革和双龙说："不用你那腐败的玩意儿。一步一步给我走！"

　　吴庆鑫说："好好，走。越慢越好。"

　　作为林管局局长，吴庆鑫竟然连许多树都不认识。认得红松，他说和新出厂的钞票味道差不多，透着墨香。"我从来不摸油腻的旧钱，在我对数字感到陌生和虚幻的时候，偶尔看看成摞的崭新钞票，拽出一沓，放到鼻子下面闻闻，就像年轻时贪婪地嗅着发表自己诗篇的杂志。青年时期，我的书籍夹着红叶，中年夹着旧版的蓝色钞票，现在——夹着白头发——梦的灰烬。"

　　吴庆鑫自顾自地走着，左顾右盼路边的树木。当了这么多年林管局局长，今天第一次细心地看林木。他在心里和这些生机勃勃的树木说着再见。他不知道这些小树都对他有深仇大恨。小树的爷爷奶奶、爸爸妈妈，都是被这个人砍死的。一阵阵风吹过，小树哗啦啦响着，在声讨这个林木的刽子手。

双龙说："庆鑫大哥，我这么称呼，你不介意吧？你还记得不？十年前，我找你批过木材哩。"吴庆鑫摇头。"你不批，说你的椅子三条腿不一般高，一条腿低，你还缺木材哩。我那会儿贼尖，把一个信封，垫在了椅子腿下。你批条时，鑫字只写了两个金，推过来，让我写第三个。你说，这是记号。我说，三个金不稳当，四个牢靠。"

"乌鸦嘴！"吴庆鑫笑着说："终于把我牢牢铐住了，加一副铐子，四个牢靠——公路那儿有一台车，二位行行好，我实在走不动了。"

我和孙丽红从南方回来，驾车的是刘布儿子断手。断手瘦削，戴着眼镜，像哈利·波特。见到刘革，问："老姨，怎么绑着一个，是逃犯吗？"孙丽红蹲在路边哇哇吐起来。专家从后座下来，后边背着他的那个大书包，胸前挂着沉甸甸的照相机。断手给大家介绍说："路上捡的。烟集大学的学生，利用假期考察森林的恢复情况。我们管他叫专家。"刘革说："专家来了，这森林就有救了。"又指着吴说："这是三个金，不过，现在没钱了。"双龙收起拐杖，说："嗯呐，兜比脸干净。"吴庆鑫说："哟，还大奔呢，抓紧坐坐吧，以后没机会喽。"双龙说："不是有直升机吗？"吴庆鑫逗趣地抽了几下鼻子，说："封了。"

"批斗会"看起来就像茶话会，吴庆鑫松绑了，开始他坐得笔直，后来腰就放松地塌下来。

小月注视着孙丽红，发现她的身体突兀，手始终放在微微腆起的腹部。她顺便看了我一眼。坐了太久的车，颈椎酸痛，用手敲着。被小月看到。小月关切的眼神，还是亲闺女啊！

丛一人的开场白以后，吴庆鑫说话了。他没有像过去那样端起茶杯，清清嗓子，多少显得有些拘谨。他说："听说要开'批斗会'，我吓了一跳，有种时光倒流的感觉。坐下来没见标语口号，像一个恳谈会，时光又流回来了。今天在这里我不想说自己的罪状，现在这颗头，还寄存在我的脖子上，明天，可能就变成双龙兄弟的尿壶了。"大家都瞅双龙，以为他调到行刑队去了。吴庆鑫端起茶杯，没喝，又放下。"我想说说树。"吴庆鑫说："方才来的时候我和双龙，还有刘革说，有许多普通的树，我都不认识。"下面响起嘁嘁喳喳的议论。吴庆鑫说："奇不奇怪，一个不认得树的人，居然当上林管局的局长！用我爹的话讲，害臊不害臊啊，简直臊死个人！古语说，一叶障目，不见泰山，我是钻进孔方，只闻铜臭。方才我在外面看见了橡子猪食堂，还有饲虎祠。"吴庆鑫停顿了一下，摸了摸下巴，仿佛想看看自己是不是所谓的"老虎"。他转移了话题，笑了一下，自言自语道："我算什么老虎，给老虎抹黑——"转而提高嗓门："我为这些新的经济增长点喝彩！并向冯爷爷，贾秀途，还有铁骨铮铮的徐书成，致敬！"片刻寂静，竟然响起稀稀拉拉的掌声。吴庆鑫快速端起茶杯，没有用盖去刮拂，咕咚，喝了一大口。

外面响起尖利的警笛，小馊停下呼噜，坐直。"咋了？着火了？"他问。众人笑。武警从警车跳下，端着枪跑进会场，啪嗒，给吴庆鑫戴上手铐，又给他套上一条黑色的面罩，两个武警架起他的胳膊。

吴庆鑫说："×，我还没讲完呢。"

丛一人站起来，说："大家跟我喊句口号吧——"

"打倒吴五亿！让三个金坐电椅！"

众皆一惊一愣，随即稀稀拉拉地喊起来。

吴庆鑫回过头，从头套里说——

"嘚瑟，欠收拾！"

"老东西，你才嘚瑟呢，死到临头了还嘚瑟！"丛一人红着脸骂道。

11

断手现在有钱了，被人称为成功人士，但是断手不喜欢成功人士这个词，就像不喜欢人们常挂在嘴边的什么事业啦，爱情啦，等等"弹簧"（断手对冠冕堂皇一词的戏用）。断手不是风尚之流，开奔驰是没办法，他知道现在人们做生意，看重的就是这些生意以外的皮毛。要是依着断手，一台面包够用了，最多配一台中型卡车发货。放眼一望，残疾人是够多的，但是真正的残疾你是看不到的。

父亲开始是林场场长，现在是林业局局长，在断手眼里，徐书成就是父亲，一个骨血和遗传上的嫡亲。可是母亲刘布就不行了。断手平常徐书成、徐书成地叫，刘布说："徐书成是你叫的吗？"断手说："那我叫他啥？"刘布说："叫爸你嫌不平等，就叫徐局长，生分虽生分，用你的话讲，至少'弹簧'！"

徐书成在局机关上班，开始刘布坐嘎斯轮来回跑，后来调到局广播室，一个礼拜也广播不上几回，加上年龄大了，皮肉渐松，声带渐紧，已经不适合在这个岗位工作了。徐书成说："准备下岗回家抱孙子吧。"刘布说："凭啥呀？"徐书成说："那你到机关打扫卫生吧，省得一天闲得五极六受的。"刘布说："正好看着你。"徐书成说："我有什么好看的，又不吃奶。"

在这个林场，断手也有崇拜的人，一是父亲，二是肖立翔。他说父亲是树，刚正不阿；肖立翔是鹰，恣意飞翔。其实断手不怎么喜欢到外面瞎折腾，互联网时代，在深山里架起一个网，你也够得着全世界。所有上升到"弹簧"层次的东西，断手都本能地排斥和反感。比如他喜欢"诗意栖居"的意思，但不喜欢海德格尔，或者说，不喜欢这种冠冕堂皇的说法。在大山里待两天可以，时间长了你看看，一辈子你看看。再有，"栖居"本来是借居，暂居，说白了就是玩票的意思；待久了，"诗意"就变成死意了，像我妈刘布一样，五极六受。

我和孙丽红来二股流，是想在这里盖一座房子。和海德格尔不一样，是想在这里真正住下米，"适意起居"。

房址选好了，隔着大河，与橡子猪食堂相望。在土地、房产办理了注册，现在只等着开工了。

天桥林业局流传这样一句话，要吃菜，找老曹，要盖房，找继光。说起来还是计划经济年代。国营食堂的老曹，大锅菜做得那叫一个绝。他还有一套小活，碰到有上面的领导来，他就不用铁锹了，铲子敲着炒勺的边缘，叮叮当当地响。领导的单间挂着布帘，下半截露着二郎腿，过电似的抖得欢快。他做的李玉和提灯（菜名，内容未详），金鸡啄米（蜡嘴鸟，雄鸟称铜嘴，雌鸟称铁嘴，此菜中的金鸡即雄性蜡嘴鸟。米，指的是林蛙的卵子。蜡嘴鸟先用油炸好，林蛙蒸好，卵似黑米，取出摆在鸟嘴前），据说当时的一个省林业厅领导吃了，大加赞赏。要调他去省里，可是政审时说他作风有问题，结果泡汤了。

肖继光不是建筑工人，是林业工人，木刻楞是采伐点的临时用房，木头刻上楞，拼起来，泥草抹严实缝，就成了。盖房说的不是家属房，家属房看起来比木刻楞更像房子，其实外墙四壁，加上间壁墙，是架条里面夹着泥草而已，墙抹得光溜而已。木头椽子露着，天棚铺着锯末子。盖房说的是那年头稀罕的砖瓦结构的房子，比如修理库、发电站、场部、俱乐部、子弟学校等。

　　先说说盖房以外的肖继光。肖继光会修汽车，这一直是个秘密，那会儿连场部也没有一台车，领导去局里开会，坐的是小火车道跑的嘎斯轮。会修自行车，他有一台永久牌自行车，锃光瓦亮，永久弥新。会伐锯，不是林业工人都会这一手，他伐出来的锯飞快。用邻居老郎的话说，带着肖继光伐的锯上山，午饭可以省一块发糕。会种菜就不用说了，林业工人虽然不是农民，但是差不多都会种菜。但是肖继光的葵盘比别人家的大，因为根部有干爽的鸡粪；豌豆比别人家的高，芹菜水灵粗壮，惹得后院的庄稼把式老高头扒着障子看。肖继光说："豌豆像小嫚，松土如梳头；芹菜新结婚，半夜找水缸。"老高头说："芹菜这个咋讲？"肖继光说："刚结婚，猛，渴。"老高头呵呵呵笑，说："还真是，芹菜赖水，见水猛蹿！"肖继光还会打家具，这个得好好说一说。说肖继光手巧，主要体现在他居然能打出漂亮的家具。一只木凳，一只米箱子，可能不会难倒一名林业工人，但是，要是细究一下，问题就出来了——这些家什大多是钉子做主，几乎和木匠的手艺不挨边。

那会儿谁家打个炕琴、立柜，必须要请木匠来家做的，八大碗菜伺候着，小酒溜着，眼明手快的，也得三五天，磨蹭磨蹭，一个礼拜的也有。

不用钉子，全是卯。铅笔夹耳，目光吊线，锯拉斧斫，根本不瞅你。

说一下所谓的炕琴。我觉得这个名字殊为风趣，炕琴，在林区就是盛装被褥用的，怎么就成了琴？炕琴做好后，一般请民间画匠画几块西瓜，一串葡萄，鲜鲜艳艳的了事。不过，那年头，家有炕琴，已属稀罕，再摆着个立柜，这家的日子肯定愉着。

肖继光不屑于炕琴，当时我家代替炕琴的，还是"背架"，差不多最简陋的放被褥用的木架。那简直不能叫一件家具。肖继光最初只是想改变一下家里的面貌，那么，怎么改变呢？他要打一件家具。

邻居走过肖继光家的仓房时，听见里面"刺刺"地推刨子的声音，门关着，往里看，光线灰暗，只能看见穿着背心的弓着的身躯。几天后，仓房的门打开，肖继光坐在门槛上，叼着一棵烟卷。

立柜打好了。椴木的，已经刷了几遍油。邻居说："他肖叔，咋不上色儿？"肖继光笑。邻居看见拉门用烙铁烙着一只白鹭，说："这鹅真瘦，你家又不是喂不起——哎，他肖叔，那你咋还让它叼一条鱼，鹅不沾荤腥的啊，它只吃青草！"

肖继光后来把鱼改成口琴。鱼有点儿烙糊了，那是整个立柜唯一的瑕疵。

西塞山前白鹭飞。可见白鹭古代就有，但是那时有口琴吗？我爸肖继光有些懊悔，立柜迟迟不搬进正房，好像那真是一所鹅屋。他在仓房吹口琴，邻居惊诧，以为天鹅。

不说这个了，说盖房子吧，不是一般的会盖。会画图纸，会砌砖勾缝。老郎的老婆知道一点，说肖继光会捅咕灶坑，会捅咕灶坑就会搭炕，会搭炕就会……咋想也想不到肖继光会盖正儿八经的房子。房子算啥，混凝土大梁的俱乐部，在他眼里就是小孩过家家。

肖继光不想为儿子肖立翔盖房，说："南方又不是没房子，要想赶时髦，去海南的海边捯饬个鸟窝不就得了，东北死冷寒天的，你还没待够啊？"我说："我就是骨头贱，从小让白毛风吹惯了，在南方头脑发烧，不清爽——爸，再说，我想在这座房子存下你的手艺。"

肖继光拗不过儿子，听到他说什么手艺之类，想，这辈子俺没给子孙留下念想儿，看来房子要使出俺的手段了。就把心气提起来，一趟宽大挺秀的平房卧在那里。孙丽红爸爸说："老肖，你这真是百年基业！瞧哪天俺和老蒯也搬过来。"肖继光瞭一眼远处孙丽红日见巍峨的肚子，说："早些搬，早些搬。"

肖继光盖的这座房子，有两点可以盘点：一是房梁里是锯末子，不过不是松木的锯末子，柞木的先过渡一下；二是取暖，他没有安时下流行的地暖（地热管），是土炕，还有火墙。火墙不是俗气地呆立在屋子中央，肖继光看过挂历的图样，就像壁炉那样设计在墙上了。关于这点，肖继光说："要节能环保，地暖那个东西，火一停就凉了。我这个炕、火墙，早晚烧一遍，持续着热。"

整个房子没有用一块青砖，青砖阴凉，人居不宜。皆红砖，轻盈，喜兴，暖和。

肖继光还在房山安了一架木头风转，在院里立起了高高的晾鱼杆子。他想，晾鱼杆子上的鱼给儿媳妇下奶，鱼汤煮得白白的，放点儿把蒿，哈！俺孙子一晃就会站在房山下，蒙蒙登登，望着风转哗啦哗啦地兜着风！

盖房子的时候，小月一直跟着爷爷，拎着茶壶，不错眼珠地盯着爷爷的一举一动。她说："翔子拙，您那么巧，不可思议。"肖继光说："劳心者治人，劳力者治于人。你看，他一发话，俺就屁颠屁颠地跑来了。"

"爷爷，那你说冯爹是劳甚者？"

肖继光笑："他是劳什子呢，让我想想，嗯，他是劳神者。"

12

　　春节期间的一个暴雪之夜，雪莱降生，像一只瘦猫。他抵达人间伴随着凄厉的呼喊，呼喊格外有力，根本不像发自新生儿幼嫩的喉咙。他放肆地哭喊了一气，接着开始打嗝。孙丽红把淡黑的奶头塞进他嘴里，他没有吸吮，一下就咬破了，疼得孙丽红剧烈地抖着肩头。他一生下就有两颗尖利的门齿，像一只狰狞的小兽。看孙丽红嗒嗒嗒嗒地颠着膝盖，他停止哭喊，笑了，小鸡鸡一勾一勾的，像要躲进肚子里。孙丽红往外抻了抻，说："咬妈还知道羞？"

　　雪莱的哭喊吸引了蹲守雪夜的小馊，小馊当时蹲在树上，披着獾皮大衣，戴着毡帽筒。没迎来老虎，迎来狸猫了。听他那哭喊，是饿了哩；听他那猫叫，人间的醴酪（指乳汁）怕喂不活哩。

　　出溜，下树，砸冰，泉子冻得浅，挤着花鲤羔子（一种冷水鱼）。只捞了两条，雪花覆盖下来，先替小崽子养着吧。回屋小锅慢炖，盐和拔蒿都没放，鱼肉炖化，白浆也似。端着，敲翔子家门，哄地一股热气推着面颊，眼目竟然迷离。小月接过，说："馊叔。"小馊点头，指指保温罐。小月以为下奶，脸颊红。小馊说："料得他肯喝。"眼睛偷觑孙丽红翘翘大奶。孙丽红以为小馊说的"他"是自己，想这矬子半夜还有这等闲心，气得险些坐起来。小馊眼皮顺下，说：
"崽喝——你看他吧嗒嘴哩。"孙丽红开了保温罐，她惊讶地
看见雪莱睁开了眼睛。捞一匙，吹吹，放婴儿嘴边。哪里是
婴儿，像一个三岁孩子，咕咚咽下，一抹泪花诞在眼角。雪
莱吧嗒嘴，小馊说："乖乖咧，滋味寡？盐和拔蒿下回带给
你。"孙丽红说："叫啥雪莱，叫水獭差不多，吃鱼！"

　　小馊此夜全无困意，一趟一趟地从大树上出溜下来，又
黑狗子般蹿上树。拂晓时分，天乌泱泱地阴着脸，雪停了，
没有风。小馊撒了泡尿，进屋，土炕尚温，倒下，双臂垫着
头。小馊打开收音机，呜啦呜啦的杂音，想关掉，忽然传来熟
悉的旋律，牡丹江台，京剧《林海雪原》选段。牡丹江小馊去
过，还在街头窄凳上，吃了一碗大楂子粥，咸萝卜条就着，吃
得小馊挽起毡帽。都瞅他，以为深山匪类。

穿林海

跨雪原

　　渐渐激昂，这个怎么能躺着听呢？小馊站起来，在地上
掐腰叠步，转起圈子。唱段消弭，胸肋犹鼓，怎么办？出去遛
遛。

　　去虎窝的一条道，已经留下小馊的足迹。那是自制雪橇
在深雪上划出的痕迹。开始小馊还注意隐藏那些雪痕，可是风

刮雪盖，基本看不出来了，就忽略了。

天还没亮，小馊就像滑雪场上的隐匿英豪，雪橇激雪飞溅，天边余星渺渺，星芒扫着耳根子。

小馊回到住处，一直了无睡意，舌根香甜，口水刹不住地流淌。他把鞋垫搭在火墙上，更是香气四溢，小馊甚至打起喷嚏。喷嚏一震，他看见门板上躺着的妈妈的照片，脚踝抽筋似的抖个不停。嗒嗒嗒，嗒嗒嗒，有人敲门，开门见是小月："馊叔，冯爹病了。"

"我知道。"小馊说，鼻孔贪婪地翕动着。

老冯头的眼珠像屋檐下风干的蛇胆，那就是干皮裹着的两小团畜粉，已无光芒可言。他的脸蛋亮鼓鼓，像新蒸的林蛙的肚子。口涎像黏稠的树液封着嘴巴，那张嘴巴看起来甚至十分乖巧，像一个佯装午睡而又深藏秘密的儿童。

小馊趿拉着棉鞋，来到冯爷爷身边，冯爷爷的屋子弥漫着香甜的气息，呛得小馊流下泪水。小馊提上棉鞋，香味立即沾满手掌，他抄起手，遮掩地呆望窗外。

"俺去洗干净了。"老冯头蹦出一句，小馊吓一跳。

"那又怎的？"

"君子无戏言，泄密被虎吃。"

"人老肉柴，虎不希得吃你哩。"小馊惊骇，浓烈的香味丝丝入肺，他舔舔嘴唇，像一只猎豹。

"别等俺死透，有一口热乎气，撕着带血，就在今晚。"

"讲究！"小馊挑了挑大拇哥。

13

黄昏盛大，山峦如一把琵琶，不，如一把大提琴。琵琶习惯奏高山流水，而提琴悲伤，戳破心肺。

琵琶是觅知音的伎俩，而提琴悲伤，悲极则欢，几乎带着轻佻的嬉戏。

两个小矬子，两个小侏儒，一个弓背，拽着另一个的脚踝。老冯头冻僵了，但是他呼出的热气在，躺在爬犁上，脚朝前。这是"死者"恪守的规矩。

在缓慢的行进中，老冯头还有残断的思维，他甚至在揣量一句诗，这句诗是，冯头化虎粪。但是下一句他就想不出来了，他觉得应该有达瓦拉的字眼，达瓦拉是小馊给小老虎的命名。它兴许能吃老冯头，吃完拉屎，猫屎听说都埋起来，虎就别提了。

老冯头挣扎着想问问小馊，脖子却不听使唤，脖筋里有一根线，还在扯着他的心脏。他听到小馊叨叨咕咕："香味淡了，魂魄散了，山长挺住，虎口升迁。"

老冯头有点儿生气，官迷狗小馊！又一想，俺死都死得了，别计较了。

小馊回头看了看老冯头，鼻头热气缭绕，好像在和小馊闹着玩。小馊跑起来，边跑边唱：

> 棒槌棒槌打鼓
> 你妈死了跳舞

> 棒槌棒槌跳舞
> 你妈死了打鼓

这是流传东北的《棒槌谣》，棒槌者，漂游河面的一种昆虫。其实它也不是一阙丧歌，而是一支童谣，小馊即兴唱起，不伦不类，却意外透着苍凉。老冯头想起张店小河，离小馊家不远的木板围起的水井，棒槌划着甜蜜的波纹———滴泪从眼角渗出来。

小馊看见身后有晃动的火光，一片白桦模样的树墩在雪地跳跃。细瞅是人，戴着高高的白帽子，举着松枝火把。众人低唱，旋律高古：

> 死去何所道
> 托体同山阿

是丛一人率领的送葬队伍。小馊问："谁让你们来的，搅了老人的清静，闹闹哄哄的，怎么咽得下这口气？"丛一人说："咋？还没咽气啊，没咽气就埋啊？"小馊说："埋个鸟埋，喂虎！"不唱了，一刹那的寂静，脊梁沟起了凉风。

小馊打了个凄厉悠长的呼哨，弯腰勒紧鞋带。开始，是几只小鸟，落在小馊脚边，接着，小鸟越聚越多，惊悚阴暗的气氛霎时化解，是酥雀。今晚的酥雀芳香异常！好像吃下了全天下如怡的稻谷，垂着羞赧的脸颊。酥雀落在老冯头身上，像一张锦毯。老冯头气若游丝，他甚至依稀看见鸟儿的羽毛欢快抖动，尽管这来自自己鼻孔的气流，孱弱无力。

好像是流苏，抑或是水袖，轻拂老冯头的眼皮。闹得这么欢实了，手拿把掐一死，还好意思睁开眼睛吗？反正一会儿喂老虎，别委屈了末了的好奇。

睁一条缝儿，松明火把吱啦啦燃烧，后面黑咕隆咚；闭眼，又睁，大宽袖子荡了一下脸，痒痒，是真的。

老冯头看见半空有人跳舞。男的好像不咋会跳，扭着俗气的秧歌，流苏插在腰里，像条大尾巴。女的是比较庄重的芭蕾，虽然竖着脚，但是袖子太长了，不伦不类。细一端详，这不是双龙和刘革吗？老冯头惊讶地闭紧眼睛。袖子又来逗弄拂扫，酥雀轰地一下飞起来。

"上路哎——"小馊尖浪的一嗓子，北风夹雪而至。骂一句："×，香味没了，老冯头要杆儿屁着凉了！"

一群人呼呼啦啦往虎洞方向游走，小馊闷头拉着爬犁，雪花掉进他的脖子。差二里，到虎洞，小馊住脚，摆手说："黄泉路远，你们送也送了，回吧，俺代老冯头谢你们了；想看究竟的，就站这里打打眼，不许往前走了。"众人恰在一处高岗，极目邈远之处，柱柱光亮遥射夜空，弦月竟有些惨淡了。丛一人接电话，寒风啸叫好似鬼哭，贾秀途正往这边赶，说还有不少车，估计是徐书成他们，大小毕竟是个山长嘛。

香味已绝，胸脯已凉，晚了，完了。小馊不说话了，有甚可说，壮志未酬，咋办，九十九拜都拜了，就差这一嘚瑟呀。小馊喊一声："走了个你！"猫腰踮步，把一干人扔在风里，傻张着嘴。

看见虎洞了，四盏灯，鬼火一般。忽然感到热，不是头一回这样，每次遭遇它俩，就像发烧。

"达瓦拉。"小馊低喊一声。两盏小灯闪了闪，慢腾腾走过来，一副没睡醒的样子。另两盏灯灭了，是大虎闭上了眼睛。小馊一激灵，分明看见大虎后面一条人影！

"俺爹咋样？"声音恁熟，是小月。

小馊说："你自己过来看吧。"

小月往这边走，大虎睁开眼，电光铮亮，又好像听见电阻丝烧断，倏地熄灭。小馊一抖。

小月身着坚硬藤条编制的藤衣，头戴钢盔。身伴猛虎，她到底还是有点儿害怕。

"爹！"小月哭了，"你哭啥呀？"

小馊蹲下整理棉鞋，一只手摸着达瓦拉的头，他闻到棉鞋一股酸味。

"让你打赌发誓！"小月蹬了一脚小馊的肩膀，小馊扑腾坐地，摘下老头毡帽，头发冒着热气。

大虎扑嗒扑嗒走过来，像牛，完全没有捕食时的塌腰耸背，就那么松松垮垮地走过来。俯首，想叼老冯头的脖子，没叼，转而拱拱腰部，叼起裤带。

小月吓呆了，以为爹要葬送虎口；小馊却压抑不住喜悦，他甚至舔了舔舌头。

小月突然看见老虎眼睛湿润，布满温良，它甩了甩头，冯爷爷就像一个调皮的塑料娃娃，没有衣服，屁股光光。

老虎、幼虎、小馊、小月，一字排开，朝虎洞后方走去。翻过山，地势陡然平阔，见一脱皮干树，树身雪白，甚是粗大。老虎缩腰，蹲身，轻轻一纵，爪子钳住树身。三跳两跳，到了树头，扭头下视，仿佛征询。

"它要树葬俺爹哩。"小月松一口气。

树头上的树凹不深，老虎松口，老冯头脑袋朝下，脚丫子戳出来。那儿一株冬青，兀自发绿。

老虎跃下，小馊又猿猴般爬上，好好安顿一番老冯头遗体。小馊甚至挠了挠老冯头脚心，忽然看见脚心一行圆珠笔写的字：冯头化虎粪。什么意思？小馊瞅了瞅老冯头。老冯头绷着脸，不笑。小馊哭了，哇一声，像乌鸦。哭罢，低头想：头和脚，哪个朝上哪个朝下？老冯头你别怪我，老虎这么摆放，自是冥冥中有旨，俺岂敢拂逆。

雪还在下，天空皎白，犹如白昼。

小馊对小月说了冯爷爷脚上题字，小月悲，说："馊叔可否再加一句，题树上，以为墓志，了他心愿。"

小馊呜啦打声口哨，酥雀惊现，喙滴鲜血。

小馊说："加句什么？俺没文化，你措辞。"

"先把头句写上，咋咋（朝语，稍等）。"

小馊抓一酥雀，酥雀唧唧有声，口吐纤细血线。

雪白树身瞬间出现一溜字：

冯
头
化
虎
粪

小馊抓鸟待写下句，鸟颤抖似不支。小馊唤过另一只在手，鸟嘴血线柔媚，鸟颈轻转，跃跃欲试。小馊问："是啥？"

儒
云
埋
武
松

小馊说："武二郎恁老高，你这是污辱冯爷。"小月说："武对儒，求个工整；不是说武二郎，是威武松树的意思。"小馊说："韩妞不糊弄，冯爷没白疼你一场。"

回头看，虎没了，隔山传来悲伤长啸。

14

第二年，那个"专家"，就是那个烟集大学动植物学专业的学生毕业了，他后背背着个背包，胸前挂着个相机，只身来到二股流。他找到山长小馊，说愿意留在二股流工作，用他所学服务这片山林。为恢复森林的生机贡献自己的力量。小馊看看俊秀的青年说，你不是只为植物和动物来的吧。青年脸红起来，接着就笑了。

小馊山长说："留下可以，没有工资。"

"专家"笑着说："给吃饱就行。"

慰虎团早已下山，山上只有山长小馊和小月，还有我们一家人。偶尔来些看山的游客，住两天就离开了。大部分时间很清静。

那只小老虎，被小馊命名达瓦拉的那只，已经不怕人了。小月带着"专家"隔两天就去看看小老虎，陪它玩一会。老虎妈妈有时在，有时不在。老虎妈妈在的时候，就坐在旁边看着。后来，大老虎放心了，小月再来，它在一边晒太阳睡觉。小月得寸进尺，和睡眼蒙眬的老虎妈妈商量，能不能让她把达瓦拉带回驻地玩几天再送回来？"专家"忍不住笑了说："有个成语叫与虎谋皮，你这意思差不多。"小月也知道不行，但是她就是想把小老虎带在身边，觉着搂着小老虎睡觉是最幸福的事。回来小月帮小馊做晚饭，"专家"回来则要在本子上做上半天记录。

雪莱一岁了。一日午后，我抱着他去温泉洗澡。去温泉的路已经铺上了石板。两边的次生林迅速地成长起来。一会儿松鸦叫两声，一会儿野鸡大叫一声，都比较难听。走了一会儿，远远地听到笑闹之声。隔着树枝往温泉方向看去，见小月和"专家"（姓杨，小月管他叫小羊。）正在温泉池里游泳。小月穿着银色泳衣，像一条美人鱼，闪着光芒。小羊真是个旱鸭子，他不会游泳，试图通过在水里快速走动抓到小月。这怎么能抓到呢？他一急就摔倒在水里，呛水呛得咳嗽起来。小月游到池子的一边，坐在台子上，看他狼狈的样子，只笑并不去救他。这丫头比她妈心硬。又一想水池只有一米五深，小羊一米七多，不会有危险。

我站住，紧紧抱着雪莱，眼泪突然溢满眼眶。我仿佛看见自己和达瓦拉，在蓖麻边的河里游泳。达瓦拉像一条鱼一样游过来，拉着呛水的我，游到岸边。岸边蓖麻高耸，水草缠绕手臂……